CHAUDUN,
LA MONTAGNE
BLESSÉE

Du même auteur

Les Métiers de l'enseignement
Rebondir, 2001

La Loi du ghetto
Enquête sur les banlieues françaises
Calmann-Lévy, 2010
prix du Livre d'économie et de sciences sociales 2011

LUC BRONNER

CHAUDUN, LA MONTAGNE BLESSÉE

récit

ÉDITIONS DU SEUIL
57, rue Gaston-Tessier, Paris XIXe

ISBN 978-2-02-143954-0

www.seuil.com

À mes parents, Anne et Claude

Prologue

Un monde qui vacille

Ce sont les restes d'un village. Vous montez un col, traversez une forêt, longez une rivière. L'hiver, il faut tracer son chemin dans la neige, légère, car souvent à l'ombre, là où le soleil ne reste que brièvement et frileusement. L'été, un chemin de terre et de pierres, sous les mélèzes, un air sec et chaud. Au fond de la vallée, au milieu de nulle part, hors du monde, dans un des plus beaux paysages des Alpes françaises, les ruines de ce hameau me hantent. Les murs sont tous tombés, il ne reste que des amas de pierres, une poignée de voûtes à demi enfouies sous la terre, et des trous dans le sol, couverts par la végétation ou la neige, selon les saisons. Ce sont les restes des caves creusées des siècles auparavant, laissant le sentiment étrange d'un bombardement qui aurait ravagé ces lieux perdus. Enfant, j'ai joué à cache-cache dans ces bois, j'ai marché dans les ombres de ces vestiges et j'ai parcouru ces monts et ces vallons, parmi les plus sauvages d'Europe de l'Ouest. Le loup est revenu depuis longtemps et une meute a fait sa litière dans les bois, plus haut dans la forêt, croquant tous ceux qui courent moins vite. Les bêtes sauvages y pullulent et s'y engraissent, l'été au moins. Mais l'homme, si petit à l'échelle du temps, de la roche et des éléments, a disparu.

À la fin du XIXe siècle, les habitants du petit village de Chaudun ont choisi l'exil vers l'Amérique ou vers les montagnes voisines avec le courage de ceux qui deviennent des déracinés volontaires. J'ai voulu soulever les pierres, faire le récit d'un huis clos, d'un monde qui vacille, puis qui s'effondre sur lui-même, emportant tout, comme un torrent en crue, et les torrents peuvent être mortels, vous l'apprendrez vite. L'histoire d'un désastre écologique et humain, d'un suicide collectif et d'une étonnante résurrection. Un miroir tendu sur ces instants où l'on comprend, plus tard, souvent trop tard, que les siècles et les sociétés ont basculé, et que l'homme, ce passager temporaire de la planète Terre, s'est perdu face à la nature.

Il est arrivé, il arrive, il arrivera que les hommes et les femmes doivent fuir les catastrophes écologiques qu'ils ont eux-mêmes engendrées. J'ai voulu comprendre comment les êtres humains en viennent à assassiner leur environnement. Et comment ils peuvent réparer leurs fautes. Ce livre est le résultat d'une longue enquête personnelle – parce que tous les faits que je vais décrire sont réels, dans chacun de leurs détails, puisés dans ce que la mémoire nous a laissé en héritage. Parfois aussi arrachés aux silences de l'histoire avec lesquels il faudra ruser pour retisser patiemment les fils de cette montagne blessée.

Nos morts en disent beaucoup sur les vivants.

I

Notre enfant chérie

J'ai commencé par le cimetière au milieu des folles herbes de la montagne d'été. L'église et le presbytère ont disparu, détruits, effacés. La place des morts est demeurée, délimitée par un muret que les hommes ont construit longtemps après, par respect des défunts, peut-être parce qu'ils regrettaient leurs actes. Le cimetière. C'est là, mieux qu'ailleurs, que se comprennent les sociétés. Leurs fractures. Leurs plaies. Leurs secrets. À Chaudun, dans le carré où ont été enterrées et mélangées avec la terre des générations d'hommes et de femmes, les ronces ont conquis l'espace, il ne reste plus qu'une pierre tombale, ultime trace de vie et de mort, avec ces mots gravés que l'on distingue encore en écartant les plantes sauvages : « Félicie Marin, morte le 30 avril 1877, à l'âge de 17 ans. » Dix-sept ans. Félicie Marin, j'ignore quels étaient ses espoirs, ses peurs. J'ignore à quoi ressemblait son visage, si elle avait gardé ses cheveux longs, si elle les dissimulait sous un foulard, si l'hiver et le soleil des champs avaient déjà brûlé sa peau, si ses mains avaient déjà pris la corne des montagnards, si elle avait pu être heureuse, à quoi ressemblaient son sourire, son rire, sa voix. De quoi étaient faits ses rêves ? Et ses cauchemars ? Dansait-elle ? Chantait-elle ? A-t-elle eu le temps d'être « une demoiselle aux petits airs charmants », comme l'écrivait Rimbaud, presque au même moment, dans une autre France, si différente ?

Félicie est décédée au printemps, à une période de l'année où les douceurs du jour commencent à l'emporter franchement sur les fraîcheurs de la nuit. Son cœur s'est arrêté de battre à 1 heure de l'après-midi. Un accident ? Une chute ? Une infection ? La maladie ? Le froid attaque les organismes, affaiblis par les carences alimentaires. On se nourrit mal là-haut. Pas de fruits, ou pas assez. Très peu de viande. Du pain, dur comme du bois, que l'on mange trempé dans l'eau ou le lait. Du cochon, tué une fois l'an, deux fois pour les familles les plus riches. Des patates, beaucoup de patates. Il n'y a pas de médecin – le plus proche est à Saint-Bonnet à trois bonnes heures de marche à l'aller, quatre au retour, parce qu'il faut remonter la pente. Les remèdes se transmettent par le bouche-à-oreille, par les mères à leurs filles, sauf lorsque celles-ci n'ont pas le temps de vivre.

Quelle fut l'agonie de Félicie ? Seule, dans un lit en mélèze brut, assombri par le temps qui brunit les bois, près du poêle en fonte, dans la fumée, avec une paillasse remplie de feuilles de fayard ramassées à l'automne et séchées sur le plancher du grenier avant d'en remplir des grands sacs. Ses gémissements. Sa peur. Ses douleurs. Le verre d'eau qu'on lui donne pour avoir quelque chose à accomplir, ces gestes qui servent à masquer l'impuissance. L'affaiblissement. Le diagnostic du « coup de froid », celui que l'on formule lorsqu'on ne sait pas. La guérisseuse du village qui vient apporter des plantes. De la mélisse pour dormir. Des fleurs de génépi en infusion pour les douleurs. De l'hysope contre la fièvre. De l'alcool dilué lorsque le corps suinte trop sa maladie et qu'il faut le nettoyer.

Dans la maison, ils vivent à six. Je les ai retrouvés, un par un, dans l'état civil de la commune. Le père, Jean-Antoine, la mère, Marianne, tous les deux âgés de 53 ans, leur fille, Félicie, son demi-frère, Auguste, 30 ans, né du précédent mariage de Marianne, trois décennies auparavant avec un Chaix, et sa femme, Joséphine, âgée de 21 ans, qui vient d'accoucher d'un petit garçon, quelques jours plus tôt. Les Marin ne sont ni pauvres ni riches à l'échelle de Chaudun, cultivateurs dans la moyenne du village, propriétaires de leur bâtisse et de quelques parcelles. Le père qui se tait, la mère qui pleure, ou l'inverse. Et le curé – un abbé de 28 ans, un dénommé Jean Martin, venu habiter dans le village avec sa petite sœur – qui glisse les dernières paroles avant la mort. Que sait-on dire, lorsqu'on est un religieux à peine sorti du séminaire, de la mort d'une jeune femme ?

L'abbé a prononcé une prière, c'est le minimum. Du latin auquel personne ne comprenait rien ? Quels gestes a-t-il échangés avec le père qui voit partir son unique enfant vivant, les trois précédents emportés en bas âge ? Une poignée de main ? Une accolade ? Peu probable. Il y a trop de différence d'âge entre eux, l'homme de Dieu est un gamin, il pourrait être son fils. Dans ces instants, le curé doit être du côté des certitudes et des mots qui ne laissent pas de doute. Au séminaire, comme tous ses camarades, il a appris et compris que la mort ferait partie de sa vie professionnelle et religieuse, qu'il devrait parler aux mourants et aux survivants, qu'il enterrerait des paroissiens et des paroissiennes par dizaines, par centaines, tout au long de sa vie terrestre.

« Félicie, désormais la force de Dieu agit dans votre faiblesse. Remercions le Seigneur : recueillons-nous et prions en silence. »

Et chacun de remercier le Seigneur.

Dans la pièce du rez-de-chaussée, efficaces, précises, les voisines sont venues préparer le corps, le laver, enfiler les habits de fête. Le travail des vieilles, celles qui ont tout vu, tout vécu, tout subi. Les hémorragies des mères qui se vident après les accouchements et qu'on voyait d'abord se débattre avec la douleur, puis sombrer, les yeux mi-clos, emportées par la fatigue et le découragement. Les pères ne voyaient rien, on venait leur dire, après des heures, parfois un jour ou deux, rarement plus, que c'était fini, qu'il leur faudrait continuer seuls à nourrir les enfants et la grand-mère ou le grand-père, bouches inutiles qui s'accrochaient à la vie. Cela les incitait à trouver très vite une autre épouse, systématiquement plus jeune, pour faire d'autres enfants, avec les mêmes risques. Les femmes, elles, on venait les prévenir lorsque leurs maris, leurs frères ou leurs fils avaient été blessés pendant la chasse, pendant la coupe, sur un sentier, dans une rivière – la montagne offre tant de lieux pour mourir. Une hache qui dérape et fait couler le sang. Un arbre qui ne tombe pas là où il le devrait et fracasse l'imprudent. Un malheureux qui chute, déséquilibré, d'une vire et qui finit déchiqueté sur les roches éternelles. On les ramenait alors en les portant sur le dos ou en improvisant des brancards avec des bouts de bois qu'il fallait tirer sur les sentiers ou à travers les pierriers.

L'annonce de la mort de Félicie Marin avait dû circuler en un rien de temps comme chaque fois qu'il y avait un décès parmi la quarantaine de familles. Un regard, un mouvement du menton, et trois mots. Une économie de phrases, tout le monde comprenait : « La petite Marin… » En face, on bougeait légèrement les lèvres, une moue, ou on hochait la tête, gestes de montagnards élevés pour savoir dissimuler et enfouir leurs sentiments dans les profondeurs. La terre était détrempée. Une boue sépia s'écoulait avec les restes de neige qui fondait en cette fin avril – il en était beaucoup tombé cette année-là, les relevés météorologiques l'attestent. Suant, crachant, les hommes creuseraient un trou de plus de 1 mètre de profondeur dans le nouveau cimetière, celui qui avait été aménagé quelques années plus tôt pour avoir plus de place et pour permettre l'agrandissement de l'église décidé par un curé dont je vous raconterai l'histoire.

Il fallait bien remercier le Seigneur.

Félicie était morte au printemps, pas en plein hiver, lorsque la neige et le gel interdisaient de creuser la terre, trop dure, obligeant à envelopper le corps dans un tissu et à le laisser au grenier, sous le toit de chaume, de longues semaines en attendant le dégel. Ses parents ont payé une stèle, achetée à Gap, à 10 kilomètres à vol d'oiseau, beaucoup plus à pied de paysans, remontée à dos de mulet. Une pierre de qualité. Au graveur ils ont demandé d'écrire des mots d'amour sur la pierre froide : « Notre enfant chérie ». Ils ont eu le choix de l'implantation, je suppose qu'ils ont fait le tour du cimetière, regardé les espaces vacants, observé le soleil, les jeux d'ombre, et ils ont finalement choisi de faire creuser sa tombe à l'extrémité basse de l'enclos, en léger surplomb de la rivière et du village, là où cent quarante ans plus tard, elle est, devant moi, témoin du passage des hommes et des femmes sur cette terre.

Quelques heures après le décès de Félicie, Ambroise-Auguste Chaix, son « frère maternel », avait traversé le village, « traverser », c'est un grand mot, à peine une trentaine de maisons groupées, tassées les unes contre les autres, murs de pierre et toits de chaume, tournées vers l'occident, vers la lumière de la fin d'après-midi, celle qui peut réchauffer les pierres le jour et rendre les nuits moins froides. Le voisin, Jacques-Michel, venu témoigner de la mort, est aussi un Chaix. Ils ont retrouvé le maire – il s'appelle Chaix là encore – pour signer le registre d'état civil. Dans les archives, je lis l'acte de décès, écrit à la main, avec la signature tremblante des témoins qui ont fait baver l'encre noire :

L'an mil huit cent soixante-dix-sept et le trente du mois d'avril à six heures du soir, par-devant nous Joseph-Léon Chaix maire, officier de l'état civil de la commune de Chaudun, canton de Gap, département des Hautes-Alpes, sont comparus Ambroise-Auguste Chaix, âgé de trente ans, cultivateur domicilié à Chaudun, frère maternel de la personne décédée, et Jacques-Michel Chaix, âgé de soixante-sept ans, cultivateur, domicilié à Chaudun, voisin de la défunte, lesquels nous ont déclaré que Félicie Marin, âgée de dix-sept ans, cultivatrice, domiciliée et née à Chaudun, fille de Jean-Antoine Marin et de Marianne Lapeyre, cultivateurs, domiciliés à Chaudun, non mariée, est décédée à une heure du soir dans sa maison d'habitation, située au susdit lieu de Chaudun. Après nous être personnellement assuré dudit décès, nous avons dressé le présent acte.

Mes yeux glissent sur l'acte de décès suivant. Arcine-Marius Chaix, mort le 3 juin de la même année. Il avait « un mois et demi ». C'était le premier fils d'Ambroise-Auguste Chaix, le frère utérin de Félicie, et de sa femme Joséphine, né six jours avant la mort de la jeune femme. Emporté par la maladie. Le même voisin, Jacques-Michel Chaix, est venu signer les registres devant le maire. À 67 ans, c'est un sage, un vieux, et on l'appelle le premier, lorsque l'instituteur n'est pas disponible, pour constater la mort et rédiger les écritures. En bas du registre, il ne restait que deux lignes mais le papier est rare, même pour les morts, et le maire a rédigé le début de l'acte de décès suivant. 22 juin 1877 : Pierre-Hélie Chabre, âgé de 5 jours, fils de Pierre Chabre et de Rosalie Chaix, tous les deux cultivateurs, décédé à 5 heures du matin chez ses parents. Je tourne les pages du cahier. Une hécatombe d'enfants. Une quarantaine de familles, toutes ou presque liées, par le sang, le sperme, l'amour, la haine, la chasse, les moutons, l'école, les champs, l'église et le cimetière. On s'aime, on se déteste, on se réconcilie, on se dispute, on s'épouse, on ne divorce jamais, on survit aux hivers, on fait des enfants, on en meurt, quand on est une femme, et quand on n'en meurt pas tout de suite, on les enterre, les uns après les autres. Tous les foyers sentent la mort – la mort de leurs enfants.

Dans cette liste interminable d'enfants nés puis morts dans la vallée, je note les noms, les dates, consciencieusement gravés sur le papier des archives, à défaut de l'être dans la mémoire collective. Ces familles, le destin des couples, leur absence d'intimité dans des maisons où cohabitent les générations, les parents, les oncles, les tantes, les sœurs, et où l'on fait l'amour tout habillé, sans mots, sans apprentissage, les ventres qui enflent quelques mois après, le moment où on ne peut plus le cacher, les nausées, le pas qui ralentit quand l'échéance approche, les nausées encore, les soirées qui s'allongent, le travail qui ne cesse jamais, jamais, jamais, jusqu'au dernier jour, ou presque. L'accouchement, cette violence du corps, le sang, les cris, la peur, la délivrance, et l'enfant expulsé, à la fragilité extrême, au fil qui maintient en vie ou qui cède, à la loterie des virus et des bactéries, au lait qui coule et qui s'interrompt parfois, aux premières heures, aux premiers jours, au cap du premier mois, de la première année. Le pire ennemi parmi tous, c'est la dysenterie, la vie et la mort qui s'écoulent ensemble dans l'absolue fatalité.

Je continue à tourner les pages. Parfois un vieillard ou une grand-mère. Rarement plus de 60 ans. Plus tard, en fouillant dans les recensements, je trouverai une statistique qui dit l'espérance de mort : en 1886, sur la petite centaine d'habitants, un seul a plus de 60 ans. Dans ces pages que je feuillette doucement, il y a des enfants, par dizaines, tous les âges, tous les ans, dans toutes les maisons, pour lesquels j'ai envie d'écrire leur nom, laisser une trace, comme un murmure dans une haute vallée de montagne.

27 février 1878 – Pierre-Jacques Laurens, il avait quatre mois
3 avril 1878 – enfant mort-né Marin. Pas de prénom sur l'état civil.
15 août 1878 – Chaix Jean-Arcène, deux mois
16 juillet 1879 – Pierre Léon Chabre, deux jours
25 juin 1880 – Eugène Marin, onze mois
12 juillet 1881 – enfant sans vie Marin
18 mars 1882 – Chaix Colombe, dix mois
29 décembre 1883 – Laurens Philippe Cyprien, trois mois et cinq jours
29 juin 1884 – Chaix Arsène Joseph, trois mois
10 août 1884 – Jean-Louis Laurens, cinq ans
23 août 1884 – Pierre Laurens, dix-sept mois
24 octobre 1884 – Mouries Anna Joséphine, trois ans
16 août 1885 – Chaix Arsène Joseph Ambroise, quatre mois
7 octobre 1885 – Léon Auguste Chaix, un mois
23 octobre 1885 – Marie Rosalie Chaix, un mois et demi

27 août 1886 – Chaix Marie Octavie, deux mois
2 juin 1887 – Chabre, enfant mort-né
7 juillet 1888 – Ripert Joséphine Victorine, quatre mois
25 juillet 1888 – enfant présenté sans vie Chabre Laurens
11 mars 1889 – enfant présenté sans vie Villar
7 mai 1889 – Marie Colombe Joséphine Chaix, cinq mois
16 mai 1889 – Chabre, enfant présenté sans vie
26 mai 1889 – Jean-François Orcière, quinze jours
28 février 1890 – Arsène Chaix, deux mois
21 mars 1890 – Émile Marin, un an
21 mars 1890 – Pierre Désiré Laurens, vingt mois
5 mai 1891 – Jean-Jacques Petter, neuf mois
7 août 1891 – Jean Marin, cinq ans
20 août 1891 – Marie-Léonie Chaix, six mois
25 août 1891 – Jules Laurens Chaix, trois mois
5 septembre 1891 – Léoline Marin
21 octobre 1891 – Charles Marius Cauvin, treize mois
27 octobre 1891 – Emmanuel Georges Schmitt, trois mois et onze jours
25 décembre 1891 – Marie Rosalie Bonnardel, sept ans
12 avril 1892 – August-Philip Pauchon, huit jours.
18 avril 1892 – Anaïs Marie Laurens, seize ans
10 septembre 1892 – Émile-Jacques Marin, deux mois
27 septembre 1892 – Pierre Joseph Laurens, deux mois
15 octobre 1892 – Raymond Régamey [sans âge]
22 février 1894 – Hermance Culla [sans âge]

Marie-Sidonie Eugénie Chabre est décédée le 6 juin 1895, à l'âge de 1 mois et demi. C'est la dernière de la dernière page du dernier registre. Après, il n'y a plus eu de mort enregistré à Chaudun, parce que le Chaudun des hommes était mort.

Dans la liste des enfants enterrés dans le petit cimetière, parfois, apparaissent des noms étrangers. Ni Chaix, ni Pauchon, ni Martin, ni Taix, ni Marin, ces familles que j'ai appris à fréquenter, ces voisins depuis des siècles. Ces noms, ce ne sont pas ceux des enfants du village mais ceux des nourrissons placés dans des familles à Chaudun, alimentés et soignés tant bien que mal, et qui, très souvent, finissent par mourir. La plupart viennent de Marseille, ils sont de parents indigents, trop pauvres, ou, plus souvent encore, sans père déclaré. Face à l'opprobre d'une naissance hors mariage, on envoie les enfants chez des nourrices, à bas prix, où ils meurent dans le silence, généralement au bout de quelques mois passés en altitude. Eux aussi sont enterrés dans le cimetière, mais ils n'ont pas de pierres tombales, on se contente du bois, et les cérémonies relèvent du service minimum. Je note leurs noms au hasard des pages de l'état civil : Ripert, Cauvin, Culla, Schmitt ou Petter.

En cette fin de siècle, la morale réprouve les relations sexuelles hors mariage et, plus encore, les enfants qui en sont la preuve biologique. Les mères, seules, en portent la responsabilité, comme si les mâles n'en avaient aucune. La morale, en revanche, ne condamne pas le fait de gagner de l'argent avec ces nourrissons, ni même de les laisser mourir. Ils sont des milliers répartis sur des dizaines et des dizaines de villages dans les

Alpes et ailleurs dans cette industrie de l'enfant illégitime que les mémoires familiales ont toujours tenté d'effacer. Un marché parallèle de l'enfant et de l'enfance. Cela ne choque personne, ou presque.

Voici une note de l'inspecteur des enfants assistés des Hautes-Alpes. Elle est datée du 14 mars 1881, remise à « Monsieur le Préfet ». « Le recensement a donné le chiffre de 883 enfants d'un jour à deux ans placés dans le département pendant l'année 1880. » Soit, très précisément, 469 enfants légitimes, 414 enfants naturels. L'immense majorité vient des Bouches-du-Rhône (677), notamment des hospices de Marseille. « Sur la totalité des enfants soumis à la surveillance en 1880, le résultat est satisfaisant, relativement, puisque sur le total de 883, il a été constaté 96 décès, soit 10,08 pour cent. » Notez la précision du pourcentage après la virgule. Mais les enfants naturels meurent, en moyenne, deux fois plus que les enfants légitimes. Un sur cinq. « Le premier mois de la vie des enfants est toujours le plus meurtrier : la proportion des décès à cet âge est, en effet, de 2,6 %, alors que les 2e, 3e et 4e mois donnent ensemble une mortalité de 3 % », explique le fonctionnaire au préfet. « L'observation a montré depuis longtemps que les mois de l'année où la mortalité est la plus grande correspondent précisément aux saisons chaudes. Ainsi les décès survenus pendant les mois de juin, juillet, août s'élèvent à 45, c'est-à-dire à près de la moitié du chiffre total de l'année. » Le décompte macabre et détaillé se poursuit. Parmi ces enfants, 11 sont morts d'entérite,

10 de diarrhée, 10 d'athrepsie, 9 de dysenterie, 9 de faiblesse native, 5 de convulsions.

Au détour des rapports que produit l'Administration à cette époque pour se féliciter de ses bons résultats, je tombe sur cette précision, note de bas de page de la société française en cette fin de XIXe siècle : « Un seul décès accidentel a eu lieu à La Roche-sous-Briançon dans les circonstances que voici : la nourrice avait laissé l'enfant seul devant sa maison. Pendant son absence, un porc sort de la fange et mange les deux mains et un bras du nourrisson. Une plainte est portée contre cette nourrice imprudente, elle est condamnée par le tribunal de Briançon à deux jours de prison. L'enfant appartenait à l'Assistance publique des Bouches-du-Rhône. »

Deux jours de prison.

L'enfant appartenait à l'Assistance publique...

Les femmes dont les enfants sont morts deviennent nourrices et apportent ainsi de l'argent quand leur progéniture aurait représenté des dépenses. Marie Pauchon avait 8 ans quand Félicie Marin est enterrée, je suppose qu'elle était présente lorsque son cercueil a été descendu dans la tombe. Elle en avait 23 quand elle donne naissance à un garçon dans une des maisons de Chaudun. Il n'y a pas de père à l'état civil, et c'est le grand-père de 73 ans qui est venu apporter la nouvelle et signer l'état civil. « Fils naturel », écrit le maire dans l'acte de décès. Une naissance hors mariage, une « fille-mère ». Sa famille connaissait-elle le père ? S'agissait-il d'une histoire d'un soir, comme on ne le disait pas à cette époque ? Avait-elle eu le temps de sentir et de savoir qu'elle aimait un homme ? Et qu'en savaient ses voisins ? Le petit Auguste est fragile. Il a eu la chance de naître à la saison douce, quand il ne fait plus froid et pas encore trop chaud. Cela ne suffit pas toujours face aux faiblesses du corps et à la violence de la vie, il décède le 14 juin 1892, dix jours après sa naissance.

Pour gagner quelques francs supplémentaires, grâce à son lait, la jeune Pauchon devient nourrice du petit Raymond Regamey, envoyé par une femme de Marseille, marchande de meubles, habitant dans le quartier de Noailles, à deux pas du Vieux-Port, dans le bruit d'une grande ville méditerranéenne. Mère célibataire, père inconnu, là aussi. Dans la hiérarchie des douleurs et des drames, je ne sais qui l'emporte entre Marie Pauchon et la mère de Raymond, Thérèse-Anna, contrainte de confier son enfant à une administration et à une autre femme. Une histoire d'honneur. Ou d'argent. Ou les deux. Raymond a fait le voyage de Marseille à Gap, puis Chaudun, trimbalé, porté, cahoté pendant de longues heures, accompagné d'autres enfants qu'il fallait répartir dans les vallées et les familles. Il n'a vécu que quelques mois avec sa mère de remplacement. Le 15 octobre, le petit Raymond apparaît dans le registre des morts. C'est encore le grand-père de 73 ans qui vient annoncer la nouvelle au maire. La vie tourne, et la mort en fait partie.

En quatre mois, Marie Pauchon a perdu son fils, puis l'enfant dont elle avait la responsabilité. Elle se marie quelques semaines plus tard, le 17 novembre 1892. Des noces d'automne. Pas vraiment la saison habituelle. Et un mariage proclamé devant le maire vers 6 heures du soir, entre chien et loup, ni tout à fait le jour ni encore la nuit. Probablement fallait-il donner à Marie un statut social, une situation, ou bien officialiser une relation déjà consommée. Le père de son premier enfant ? Je ne sais pas. Elle épouse Philippe Chabre, 31 ans, lui aussi cultivateur, resté célibataire jusque-là. Les pères des mariés ont signé. Pas leurs mères : « La mère de l'époux et la mère de l'épouse ont déclaré ne pas savoir signer », écrit le maire sur le registre. Tout juste neuf mois plus tard, Marie Pauchon donne naissance à Marie Mélanie Chabre. J'ai envie de penser qu'elle est une des petites filles sur les photographies que j'ai retrouvées, assise par terre, ses grands yeux curieux fixant le photographe devant elle.

II

Ce mardi 6 août 1895

Dans mes longues marches, je remonte les torrents, lorsqu'ils l'autorisent, avant qu'ils ne deviennent infranchissables avec des ressauts et des vasques dans lesquelles des générations d'enfants ont dû se mouiller et se tremper. Le torrent du Porel, le torrent de Blache Coq, celui de Chanebière, les Clots, Saint-James, les Mélèzes, le torrent des Aillarts, celui de Brouas. Je suis les sentiers actuels, tente de retrouver ceux qui servaient lorsque le village vivait encore – ils sont souvent restés les mêmes. Sur une vieille carte du cadastre, qui ressemble à une carte d'état-major, les noms remontent, indices d'histoires passées, de repères transmis, de lieux aux sens disparus. Il y en a des dizaines et des dizaines, murmures oubliés d'une vie lointaine. Le pas du fou. La haute colle. La belle colline. Le constillon. Le moulin. Le pré more. La pousterle. Beauregard. Serre cresta. Le grion. Le baijoi. Le font de pourrel. Le naïs. Les combes. Les clots des fossiles. Les orcières. Le grand clos. Serre mollet. Le jas du font. Les cabanes hautes. Pied la croix. Pied du bois. Serre l'ubac. La casse des clots. La pièce.

Les millets. La navette. Pré la dame. Les crottes. Le pré de derrière. Fontaine de fonrel. Pré la salée. Fou de pouset. Le haïs. Champ du fay. La combe lauzon. La viste. Font de pourel. Les plus hauts prés. Pré martin. Les lias. Mont clair. Entraigues. La folle.

Le 6 août 1895, il y avait une belle lumière d'été à Chaudun. Lors de mes recherches, j'ai découvert cinq photographies, datées de ce jour d'août, conservées sur plaques de verre.

Sur la première image, on ne voit que des hommes. Cinq hommes assis sur un banc, les jambes croisées ou allongées. Au-dessus d'eux, une cloche accrochée à une poutre en bois ; derrière, une croix en fer forgé, toujours là, cent cinquante ans plus tard ; à leurs côtés, l'angle d'une maison au crépi abîmé et creusé par l'eau qui s'échappe de la gouttière depuis longtemps. Les cinq hommes portent moustache, veste et chapeau, l'un fume une cigarette, celui au centre tient une pipe sans fumée, les mains posées sur ses jambes. Le réglage de la photographie a dû prendre un peu de temps, il a été réussi, les personnages sont nets sur l'image. Au premier plan, le sol gris est légèrement flou, au fond, dans la profondeur du flou, la montagne se distingue à peine, on devine la ravine d'une rivière, la pente, les rochers. Les cinq hommes ne posent pas, ils ne sont pas en représentation, le temps du réglage a pu leur faire oublier le photographe. Ils semblent animés, saisis d'un rire, ou d'une surprise, détendus, comme s'ils avaient oublié et gommé celui qui, avec son appareil, les observe pour les graver dans l'éternité du noir et blanc.

Aucun des cinq ne regarde la chambre noire devant eux, posée sur son trépied, à une poignée de grands pas. Un appareil photographique à soufflet, en bois de noyer, inventé par Frédéric Jonte, en 1872, joliment appelé « chambre-revolver », pour rendre la photographie plus simple, plus rapide. Le Jonte peut accueillir douze plaques qui se conservent et se transportent facilement. Le modèle le plus commun, à l'époque, propose des formats 18 par 24 centimètres et vaut 350 francs avec son sac et son pied. Les objectifs sont ceux inventés par la famille Derogy, avec les lettres du fabricant fièrement gravées sur le laiton pour indiquer que le procédé est breveté. Robuste, simple, léger pour l'époque, il tient dans une valisette carrée, en bois, et son utilisation s'apprend en quelques semaines de pratique. C'est un progrès. Il a néanmoins dû scier l'épaule du photographe pendant les trois heures de marche jusqu'au village, lorsque les mollets tirent et s'étirent, lorsque le souffle s'échappe avec l'altitude, lorsque la gorge brûle à cause de l'effort et de la chaleur du mois d'août. Au photographe, à l'instant où il a pu poser son sac, étirer ses membres, souffler fort comme le font les hommes qui marchent en montagne, on a sans doute donné de l'eau fraîche, avant d'offrir un verre de rouge des Alpes, râpeux, presque irritant, comme l'étaient les vins du pauvre et de la messe.

Devant le photographe, les enfants n'ont pas dû cesser de courir, excités par l'atmosphère d'une journée particulière, et les enfants le sentent toujours avec l'intuition et la magie de cet âge. Des gamins à la peau sombre, comme celle des Esquimaux, brûlés par le soleil, sur la neige l'hiver, dans les champs l'été. Les mères, en robe noire, et les hommes, en pantalon sombre, sont rassemblés, en tenue du dimanche, devant une grande maison de deux niveaux à l'écart du village, serrée contre l'église. C'est une lumière de temps chaud, de celles qui transpercent les sous-bois, assèchent les ruisseaux fragiles et réveillent le brouhaha des insectes. Les habitants l'ont regardé, sans un mot pour lui, car la parole est rare ; ils ont continué de fumer et de cracher, car cracher est un signe de bonne santé. Je fais l'hypothèse que les cinq photos que j'ai retrouvées, prises en trois lieux différents, ont été réalisées l'après-midi, parce qu'il faut du temps pour grimper jusqu'au village. Deux d'entre elles ont figé les cinq hommes sous la cloche devant l'église. Deux autres ont capturé les habitants devant le bâtiment, attroupés. Je compte une bonne vingtaine de personnes, avec des enfants, plus d'hommes que de femmes, tous bien habillés, certains avec un nœud papillon. Parmi eux, deux gendarmes qui patientent, ainsi que le facteur, l'épaule appuyée contre le mur du presbytère. Des tables en bois ont été sorties, une grande feuille, un registre probablement, a été dépliée et posée. On reconnaît les cinq hommes de la première photo, mélangés à la petite foule qui attend calmement. La dernière photographie, la cinquième, est prise de plus loin, en contrebas : un vilain mur soutient l'espace devant le presbytère, on voit que des pierres ont commencé à rouler, des herbes sauvages n'ont pas été arrachées, le bâtiment semble fatigué, la montagne, derrière, est pelée, râpée, sèche, triste et laide. Morte. Comme si elle avait été assassinée.

Je connais avec une quasi-certitude l'identité et l'histoire de quatre des hommes présents devant l'église. D'une belle écriture, claire et ronde, une main anonyme a légendé la photographie oubliée dans un carton d'archives. Numéro F2325. « Vente du village de Chaudun à l'administration des Eaux et Forêts – Signature du contrat de vente à l'État français. » Les fonctions ou les noms ont été indiqués en biais pour gagner un peu d'espace, avec une petite flèche afin d'interdire toute confusion entre les cinq individus. « Le dernier maire de Chaudun. » C'est le personnage au centre de la photo. Une fine moustache, un chapeau sombre, une pipe, un pantalon noir, des chaussures avec des crampons apparents sous la semelle. Sur une autre photo, devant la petite troupe d'habitants qui patientent, il est assis sur une chaise qui ressemble à un prie-dieu, et il a accepté qu'un enfant, une petite fille avec une robe longue, âgée de 3 ans tout au plus, monte sur ses genoux. Le dernier maire s'appelait Joseph Taix, benjamin d'une famille de sept enfants, il mesurait 1 mètre et 570 millimètres, comme l'indique sa fiche de renseignement militaire, il allait fêter dans moins d'un mois ses soixante-trois ans de vie continue au fond de cette vallée. Ce jour d'août 1895, devant le photographe, il signe la vente de la commune. Une reddition. Un abandon. Une déchéance. Un espoir aussi.

La photo avec le maire, Joseph Taix, assis sous la cloche de l'église, a été publiée en une de *L'Illustration*, le plus grand magazine français de la fin de ce siècle, le premier à avoir publié des photographies de presse. Elle a été recoupée, recadrée, et le maire est présenté avec sa seule fonction, son nom n'y figure pas, probablement jugé inutile pour le lecteur. J'ai mis du temps à comprendre le cheminement de ces photos, parvenues jusqu'au 13, rue Saint-Georges à Paris, au siège de *L'Illustration*, le « journal universel », comme il s'appelait lui-même, vendu 75 centimes au numéro, 36 francs pour un an, largement financé par les réclames pour Kodak, les pâtes dentifrices Raspail, l'alcool de menthe Ricqlès, l'eau ferrugineuse Orezza, la porcelaine Haviland, les fabricants de coricides, de savons ou de bas élastiques contre les varices. C'est le début de la période phare de la presse, et *L'Illustration* tire des dizaines de milliers d'exemplaires chaque semaine, portée par l'immense succès des photographies auprès de l'opinion lettrée.

Je feuillette. Ce jour-là, deux grandes pages détaillent « Mondanités et frivolités à Trouville » dans un long récit sur les toilettes portées par les Parisiennes. « Le blanc domine dans cette symphonie de couleurs », note l'envoyé spécial du journal en s'interrogeant faussement : « Je ne sais si c'est parce que les âmes virginales ont une sympathie particulière pour Trouville, ou bien si on éprouve le besoin de porter la livrée de l'innocence, l'ayant un peu négligée. » Deux autres pages encore pour décrire, longuement, le chenil de la reine d'Angleterre. Le journal offre une avalanche de brèves chiffrées. Sur l'assainissement à Paris, sur l'industrie de la toilette féminine qui ne cesse de croître et d'embaucher des ouvriers. Sur la vitesse comparée des trains express en Europe ou sur le poids idéal du chargement du fantassin pour ne pas l'épuiser inutilement. Aucun de ces sujets ne méritait la une. Le patron du journal, Lucien Marc, grandes moustaches qui soulignent des cernes immenses, devenu patron de presse par héritage paternel, a décidé de faire sa manchette sur Chaudun le samedi 24 août 1895. Il a demandé aux graveurs de reproduire trois photos et avec leurs dessins, étonnamment fidèles, il a fait composer la couverture accompagnée d'une légende minimaliste. « La mise en vente et l'achat par l'État d'une commune de France, voilà un fait qui sort de l'ordinaire », a écrit le rédacteur. Il n'y a pas de citations dans l'article, factuel et intrigant, lapidaire et troublant, sur le destin fracassé de ce village des Alpes.

> L'administration des Forêts vient d'acheter pour le service du reboisement la commune de Chaudun (Hautes-Alpes). Toutes les propriétés communales et privées, comprenant une superficie de 2 026 hectares, ont été vendues à l'État pour le prix de 186 000 francs environ. La commune de Chaudun comprenait 98 habitants vivant du produit de leurs pâturages ; mais depuis quelques années les montagnes déboisées avaient perdu une partie de leurs prairies

où l'on faisait paître un trop grand nombre de moutons. L'altitude de Chaudun, qui est à 1 400 mètres, et son éloignement de Gap (19 kilomètres), ne permettant pas aux habitants de se créer de nouvelles ressources pour remplacer celles que leur donnaient les pâturages, la commune avait elle-même demandé à être achetée par l'État. Les formalités exigées pour cette opération ont duré plus de quatre ans. Les photographies que nous reproduisons représentent des vues de Chaudun, de la commission chargée d'acheter les propriétés ; nous y voyons le dernier maire de Chaudun, assis sous la cloche de l'église, dont la construction remonte au quinzième siècle.

À quoi a bien pensé le maire, Joseph Taix, lorsqu'il a signé le registre posé sur la table devant la petite foule ? Le silence s'est-il fait autour de lui ? Les témoins l'ont-ils applaudi ? A-t-il hésité lorsque, de sa main droite, puisque les gauchers, s'il l'avait été, continuaient d'être réprimés, il a déposé son chapeau sur la table, a pris un stylo-plume et l'a trempé dans l'encre pour apposer son autorité sur le bout de papier officiel ? Sa signature est simple, composée de l'initiale de son prénom et de son nom, les deux soulignées d'un trait vif qui remonte vers la droite. Un sentiment de colère ? Parce que les habitants abdiquent face à la difficulté, parce qu'ils savent trahir ainsi le legs de leurs aînés. Un soulagement ? Cette journée du 6 août 1895 est l'aboutissement d'un processus interminable, d'une souffrance continue, de longues disputes, de discussions infinies, d'espoirs et de désespoirs. Devant la vingtaine de personnes présentes, il a signé l'acte de cession des biens communaux. Puis il a paraphé, comme ses voisins, la promesse de vente de sa propre maison et de ses terres.

Sur les photographies, je suis certain de l'identité de deux autres hommes. Le premier est vêtu en sombre, chapeau noir et pantalon noir. Alphonse Andréoly a une cinquantaine d'années, c'est un avoué, il s'occupe des mille et une affaires du monde rural et de la petite bourgeoisie. Je feuillette au hasard des années un de ses livres de comptes qui décrivent la vie souterraine des mariages, des héritages, des ventes, des procès, des courriers, des réponses aux courriers, des réponses aux réponses des courriers. Il a été désigné pour gérer une partie des démarches des habitants, et il les assiste – son nom figurera très souvent dans les registres des ventes – parce qu'il a fallu tout mesurer, tout comparer, tout négocier, pendant des heures et des jours.

Un autre personnage était présent ce jour d'août devant la petite église. Il ne figure pas sur la photographie où une main anonyme a écrit des noms dans la légende, mais je suis convaincu qu'il apparaît sur les photos de groupe. J'ai envie de penser que c'est l'homme portant barbe blanche, installé devant les tables où ont été posés les registres. Il s'appuie sur une canne, il est mieux habillé, une prestance différente, plus sûre, plus affirmée, plus hautaine peut-être. Ferdinand Jouglard a 54 ans, il est notaire de profession, spécialiste en timbres fiscaux, testaments, mariages et documents officiels en tout genre. Son nom et sa signature reviennent sur chacun des actes de vente passés entre la commune, les habitants et les représentants de l'État. C'est un membre de la haute société de la petite ville de Gap, notaire passé par le séminaire d'Embrun, le collège puis la faculté de droit de Grenoble, désigné capitaine d'une compagnie de mobilisés des Hautes-Alpes pendant la guerre de 1870, conseiller municipal pendant vingt-cinq ans, et même juge de paix pendant dix ans. Né dans une « très honorable famille du Champsaur », comme l'indique sa nécrologie, il parle haut et flatte bien, c'est son discours qui est repris en intégralité dans la presse locale lorsqu'il a fallu tresser des louanges à un vieux notaire honoraire de 72 ans, accompagné jusqu'à sa tombe par un cortège des membres du conseil municipal, par le tribunal, le parquet, le juge de paix et le « barreau en robe », selon le récit rapporté par *L'Annonciateur*, le journal d'annonces légales qui paraît tous les samedis dans les Hautes-Alpes.

Jouglard, le notaire, est monté d'un pas de sénateur à Chaudun. En bon père de famille, il a dû cocher l'année 1895 comme une belle année, facturant des actes à tour de bras. Dans son étude, rue Élisée, à Gap, une quarantaine de paysans sont venus chargés de leurs titres de propriété, des références des ventes, des héritages, des partages, des décès, des mariages, des contrats de mariage, que les employés de maître Jouglard ont sagement triés et rangés dans les chemises pour que leur patron aille plus vite et ne s'agace pas. La tâche a néanmoins dû être interminable pour solder ces décennies de patrimoines vendus et revendus, parfois sans trace écrite. Je me plonge, comme en apnée, dans les actes du notaire, ces pages reliées dans des beaux volumes colorés qui donnent une photographie clinique, rare, sinon inédite, de la réalité des inégalités au fin fond d'un minuscule village des Alpes. Au moment de vendre les biens aux Eaux et Forêts, le plus pauvre des plus pauvres des paysans de la vallée a touché 100 francs – au moins était-il propriétaire de quelque chose au-delà de ses enfants et de ses bras pour travailler. Jean-Pierre Aubert a revendu 65 ares de terres pour solde de son compte de propriétaire. Cent francs, c'est alors une trentaine de journées de travail d'un journalier. S'est-il offert le luxe de posséder, une fois dans sa vie, un billet de 100 francs, ces billets imprimés à l'encre bleue pour compliquer la tâche des faussaires ? Le plus probable, c'est que le trésorier lui a remis une poignée de billets et de pièces et qu'il les a prudemment remisés dans une boîte avant de les dépenser.

La famille la plus riche, celle de Joseph Léon Chaix, a obtenu 12 534 francs pour 17 hectares et 69 ares. Cent vingt fois plus que son voisin Aubert. Dans une société du XXe siècle, Chaix aurait payé l'impôt de solidarité sur la fortune. En cette fin de XIXe siècle, il a évidemment été maire du village pendant des années – la compétence présumée des riches qui les destine à être désignés parmi les chefs. Le père Chaix, donc, et ses 17 hectares, répartis sur toute la commune. Un puzzle paysan. Au total, 86 terres distinctes, toutes nommées, numérotées, mesurées, cadastrées. Pour chacun des 86 morceaux de la montagne, le notaire a vérifié les titres de propriété et l'imbroglio des ventes entre familles de mêmes noms depuis un siècle. Il y a des terres au levant, d'autres au couchant. Certaines en pente douce, d'autres où rien de droit ne peut tenir, il y a les friches, qui ne valent rien, les prés, si rares, toujours trop petits, les parcelles boisées, les jardins où pousse la pomme de terre qui fera l'hiver. Et puis, ces terres où grandit le chanvre, planté en terrain plat, là où le soleil revenait tôt dans la saison – notez bien que le chanvre se consommait seulement de manière raisonnable pour les vêtements.

Les Chaix dominent le village depuis cinquante ans. Leurs biens représentent près de 10 % du patrimoine total de Chaudun au moment de la vente. Plus riches que d'autres, ils peuvent acheter les prés, les labours, les bois. Attendre patiemment qu'un chef de famille décède pour proposer un rachat aux descendants quand ceux-ci sont étranglés par le manque d'argent. Employer un journalier lorsqu'il n'y a pas suffisamment de bras dans la famille pour travailler les terrains au printemps. Convaincre les veuves qu'elles font une bonne affaire en cédant un bout de terre dont elles ne peuvent plus s'occuper. C'est ainsi, et dans la lutte des places, certains ont joué fin sur des décennies. Avec 12 534 francs, les Chaix se partagent une petite fortune qui doit leur permettre d'acheter quelques actions du canal de Gap ou du canal de Panama – le premier est nettement moins chic mais il aurait été un bien meilleur placement. Si on ajoute les familles de Martin Marin (11 hectares, 10 891 francs touchés), Jean-Joseph Bonnardel (9 020 francs), Ambroise Chabre (8 240 francs) et celle du maire Joseph Taix (8 227 francs touchés), ils détiennent, à eux cinq, un cinquième du patrimoine total des quarante propriétaires du village. L'argent, comme partout, comme toujours, a divisé les hommes. Si les cimetières disent notre humanité, les notaires la racontent aussi, à leur façon, témoins scrupuleux des richesses accumulées, dispersées, partagées. J'avais pensé que, dans cette misère, il existait une égalité. Cette illusion s'envole en une bourrasque.

III

Nous, ces déshérités de la nature

Fin octobre. C'est la période où, lorsqu'ils n'ont pas été abattus par les paysans, les feuillages des arbres éclatent de rouge et de jaune pétant. La montagne se colore et livre une autre grammaire, une autre composition, où les différents verts s'estompent face à l'automne, où les variétés d'arbres se donnent au regard de qui veut observer avant que le blanc de la neige n'emporte tout. Il peut encore faire doux, dans l'après-midi, et la lumière est suffisante pour donner de la force aux variations de rouge et de jaune. Il peut aussi y avoir des jours continus de pluie et de brouillard, de ces journées qui font chuter sur le sol boueux les feuilles et les couleurs, et un peu de l'espérance humaine.

L'agonie de Chaudun a été longue et douloureuse. J'ai retrouvé une lettre collective envoyée au nom des habitants du village, le 28 octobre 1888, sept ans avant cette journée où le village s'est vendu définitivement. Un appel au secours, une longue pétition, manuscrite, rédigée à l'encre noire, d'une écriture déliée et arrondie comme la IIIe République commençait tout juste à l'enseigner. « À Monsieur le Ministre de l'Agriculture à Paris », ont écrit les citoyens du village ; en réalité, seuls les hommes payant des impôts ont signé, les indigents et les femmes n'ont pas voix au chapitre, sauf les veuves lorsqu'elles possèdent un patrimoine. Cette lettre oubliée, retrouvée dans l'anonymat d'un dossier d'archives, me plaît par son éloquence et par sa radicalité. Je l'ai lue et relue pour m'imprégner des mots et de leur colère, de ce mélange de déférence et de désespoir. Le courrier, sans aucune faute, avait remonté le fil de l'Administration, et le secrétariat du ministre, à Paris – le ministre s'appelle alors Jules Viette, c'est un spécialiste reconnu de Proudhon et un grand défenseur de la race bovine dite montbéliarde –, avait mis un coup de tampon à son arrivée le 31 octobre pour l'enregistrer.

Je lis ce texte à voix haute.

Monsieur le Ministre,

Nous soussignés, habitants de la commune de Chaudun [...] avons l'honneur de vous adresser respectueusement la requête suivante. Il n'est douteux pour personne qu'un des tristes privilèges conférés par la nature au département des Hautes-Alpes est celui de compter parmi les plus pauvres et parmi ceux où les conditions de l'existence sont les plus rudes et les plus précaires. Les montagnards alpins, sans cesse aux prises avec les difficultés les plus lourdes et les plus imprévues, disputent péniblement à un sol rebelle et à un ciel peu clément les chétives ressources qui suffiront à peine à nourrir leur famille. Pour ces déshérités de la nature, le combat de la vie est terrible, continuel et souvent fatal.

La « commune » de Chaudun et qui ne compte que 112 habitants est une des plus malheureuses parmi les localités de ce malheureux pays. Bâti à une altitude moyenne de 1 900 mètres au-dessus du niveau de la mer, notre village est enfoui sous les neiges pendant huit mois de l'année. Privé de toute communication avec les villages environnants, enfoncé dans les replis abrupts de rochers dénudés, Chaudun est éloigné d'environ 19 kilomètres de son centre d'approvisionnement. L'élévation des montagnes, l'extrême déclivité de leur pente, le mauvais état des sentiers rendent le parcours du pays excessivement difficile et périlleux. Le mulet est la seule bête que nous puissions employer avec sécurité pour le transport à dos de nos approvisionnements et encore devons-nous faire ces provisions durant la belle saison d'été car il nous serait impossible d'y pourvoir pendant l'hiver. Nous n'avons pas à compter sur le revenu de nos forêts par suite de manque de voies de transport. Le terrain est stérile et c'est au prix des plus grandes fatigues que nous en retirons un peu de blé. D'ailleurs, par sa position géographique, le village se trouve protégé par aucun abri naturel. Les intempéries fréquentes ici nous font souffrir plus que personne et il est rare que nos maigres récoltes qui d'ordinaire existent à l'état d'espérance puissent résister aux âpres rigueurs de notre climat. Les terrains incultes s'étendent de jour en jour devant la violence des éléments, et malgré nos persévérances et nos efforts, nous nous voyons obligés de reculer et nous sentons qu'il est impossible de continuer la lutte.

Cette année particulièrement, Monsieur le Ministre, nous avons à souffrir de la rigueur de l'hiver, qui, nous le répétons, dure à Chaudun au moins huit mois sur douze. Les longues et fortes pluies qui n'ont cessé de tomber ont

creusé des ravins, entraîné le sol et avec lui une partie des futures récoltes. Nous vivons presque au jour le jour, Monsieur le Ministre, c'est dire que notre pauvreté ne peut parer aux éventualités et qu'aujourd'hui la plus triste misère règne dans nos maisons. Vaincus par l'indigence, nous avons l'honneur de proposer au gouvernement l'achat du territoire de notre commune.
Nous avons appris que le gouvernement faisait des concessions de terrain en Algérie à ceux qui ont l'intention de coloniser. En présence d'une situation géographique et géologique aussi mauvaise que celle de Chaudun, nous n'hésiterons pas, Monsieur le Ministre, à émigrer sur le sol si fertile de l'Afrique française. La sollicitude avec laquelle la République s'occupe du sort des malheureux cultivateurs, en leur abandonnant des terrains en Algérie, nous fait espérer que l'on ne voudra pas nous laisser plus longtemps plongés dans la plus triste indigence. C'est avec la plus grande reconnaissance que nous accepterions quelques hectares sur le sol algérien, attristés assurément par la dure nécessité qui nous contraint à quitter le pays où ont vécu nos frères, mais réconfortés par la pensée que nous trouverons sur la terre africaine une nouvelle France, une seconde patrie plus généreuse et moins désolée que celle qui nous oblige à émigrer.
Dans l'espoir que notre modeste supplique recevra de votre bienveillance un favorable accueil nous sommes, avec le plus profond respect, Monsieur le Ministre, vos très humbles et obéissants serviteurs.

La réunion avait sans doute eu lieu le soir, le seul moment où tout le monde pouvait être présent parce que les tâches impératives du jour s'arrêtaient avec le noir. Les très humbles et obéissants serviteurs se sont rassemblés dans la plus grande pièce du presbytère ou de la mairie, qui est bien petite, pour discuter du texte. Il y a ceux qui sont arrivés en avance, parce qu'ils sont toujours en avance, se saluant du fond de l'œil, dans l'économie des mots et des expressions. Il y a ceux qui se tiennent debout, l'épaule contre un mur, les bras croisés, avec cette forme de distance et de résistance naturelles que donne cette attitude. Certains se sont assis sagement pour patienter. La plupart portent des chapeaux sans couleur. D'autres sont venus avec leurs femmes. Il y a peut-être quelques enfants qui se sont glissés dans la salle, guidés par la curiosité.

Les corps enfermés dans la pièce sentent, de cette odeur que donne le travail agricole, résistante, obsédante, intrusive, mélange de l'odeur humaine et de l'odeur des animaux, quand les vies étaient partagées, quand la sueur de l'homme rencontrait celle des bêtes, quand il fallait pousser, tirer, soigner les animaux, quand l'odeur du mouton se mélangeait avec celle de la vache, de l'âne, du chien ; mais comme tout le monde sent ainsi la journée ou la semaine de travail physique, dur, ingrat, cela ne devait, en vérité, déranger personne, dans cette égalité des sens que provoque l'humanité lorsqu'elle se vit dans la promiscuité. J'entends le bruit des chaises et des bancs qui raclent, ce brouhaha si particulier des réunions collectives, où les corps et les objets s'associent aux mots pour faire entendre le murmure de la colère. J'entends cette demi-seconde de silence lorsqu'un des habitants a pris la parole le premier et qu'il a mis des mots et des gestes pour obtenir les regards et les oreilles des autres. A-t-il commencé par une question en forme d'invitation et de politesse : « On commence ? » Ou bien une affirmation, d'une voix ferme, comme l'on donne un ordre à une petite troupe : « On y va. »

Ils ont débattu des mots et des formules, des arguments et des revendications qu'il fallait écrire sur le papier et envoyer à Paris, à Monsieur le Ministre de l'Agriculture. Des hommes parlent fort, d'autres se taisent, il y a ceux qui réfléchissent avant de prendre la parole, ceux qui disent leurs mots comme ils viennent, sans prévenir, sans ponctuation, sans retenue. Il devait y avoir des meneurs, des hommes emportés par la douleur, par la fatigue aussi, de celle qui conduit à coup sûr aux révoltes les plus dures, les plus âpres. Cela n'était pas la première de leurs discussions. À deux, à trois, à cinq, parfois à dix. Au moment de la chasse. Lorsqu'ils se retrouvaient pour boire une fois la messe achevée. Après un orage trop violent ou une avalanche plus lourde qui avaient emporté un bout de terrain fertile. Ou bien au moment des récoltes lorsqu'il fallait compter et constater la misère. La colère était là, tapie depuis des années, ressassée, malaxée, conservée, et elle s'exprimait brutalement. La peur de ne plus y arriver. La peur d'avoir atteint l'extrémité de ce que l'être humain pouvait accepter en cette fin de siècle.

Ce soir d'octobre 1888, le texte a été relu une dernière fois dans un silence complet. Je ne sais pas qui l'a prononcé à haute voix. L'instituteur ? Le maire ? Le curé ?

Cet appel est si beau, écrit d'une langue qui châtie, une langue qui claque, qu'il pourrait être déclamé comme au théâtre, en respectant les blancs, les silences, en jouant avec la force des mots, de ces mots-là.

« Le sol rebelle.

Les âpres rigueurs.

Les chétives ressources.

Les déshérités de la nature.

Les récoltes qui existent à l'état d'espérance. »

Il y a de la poésie autant que de la politique dans cette souffrance de montagnards qui osent formuler leur impuissance face à la violence du monde.

Des alertes, il y en avait eu. La réalité est que les habitants avaient toujours su qu'ils vivaient sur une ligne de crête dangereuse dans leur rapport à leur montagne. Comment espérer quand il faut se contenter de survivre ? Comment penser le temps long quand il faut tenir hiver après hiver ? Je relis le cahier de doléances, rédigé en mars 1789. Il n'y a alors que vingt-trois résidents. « Les habitants sont sans étude, peu instruits et experts des arts libéraux. Il n'y a aucune résidence de médecin ni chirurgien, attendu son affreuse situation. Ce qui afflige beaucoup les habitants, parce que, faute de secours, les pauvres gens croupissent dans des infirmités et maladies qui les réduisent à la dernière misère et quelquefois au tombeau. Ils sont éloignés de deux lieues pour se procurer le secours. Les maisons sont bâties en forme de chaumière, sans charpente, couvertes toutes en paille. Il n'y a point de sol, attendu que les maisons sont situées au pied d'une colline fort escarpée. De l'autre côté, un petit ruisseau qui mouille tout le long et qui, quand les pluies sont abondantes, forme des torrents impétueux qui les ravagent fort souvent et y causent des dommages très considérables. Pour empêcher les inconvénients, il serait très nécessaire d'y construire des digues, mais l'indigence des pauvres habitants ne leur permet pas de l'entreprendre. Leur nourriture alimentaire est très frugale et grossière. Ils se nourrissent de pain de seigle ; quelquefois on y mélange de l'avoine, et d'autres fois on mange le fruit des rosiers sauvages. Pour toute boisson, ils n'ont que de l'eau. Les habitants n'ont aucune ressource, en temps de disette, pour se procurer les grains nécessaires, parce qu'ils sont éloignés de tout pays et qu'il n'y a aucune rivière navigable. À l'égard des marchés, on va à la ville de Gap, distante de deux lieues, par des chemins impraticables. » Le seul avantage est sanitaire. « L'air qu'on y respire est fort salutaire. Les maladies n'y sont pas fréquentes. On n'a pas l'usage de l'inoculation de la petite vérole. »

Les signataires de ce texte au nom de la petite communauté s'appellent Marin, Villar, Chabre ou Chaix. Ils ont mis leurs paraphes au bas de leurs doléances, envoyées au procureur du Dauphiné. Un siècle après, dans cette société immobile, ce sont très exactement les mêmes noms qui composent les naissances, les mariages et les décès. Les mêmes familles au conseil municipal – c'est un Marin qui est maire au moment de célébrer les

100 ans de la Révolution. Je m'amuse à compter. Entre 1673 et 1895, il y a eu quelque chose comme 745 décès à Chaudun – à quelques unités près. Arrêtons-nous sur le seul XIXe siècle, ou tout au moins les quatre-vingt-quinze années pendant lesquelles la commune a existé. Je dénombre 73 Chabre morts, enterrés, archivés dans les pages de l'état civil. 54 Chaix. 54 Marin. 41 Laurens. 21 Pauchon. 9 Taix. Quatre-vingt-dix-neuf ans plus tard, la pétition de 1888 ressemble étonnamment aux mots des cahiers de doléances de 1789. Rien, ou presque, ne semble avoir changé alors qu'un siècle, deux empires, trois républiques et quatre révolutions ont défilé dans l'histoire officielle de France. Les mêmes conditions de vie et de survie. Les mêmes équilibres précaires. Les mêmes fragilités. Les mêmes plaintes. Les mêmes rêves aussi, peut-être, mais eux n'ont pas été débattus et couchés sur le papier. Ceux de 1888 ont craqué là où leurs ancêtres ont tenu, vaillamment, avant eux, enterrant leurs morts et leurs rêves les uns après les autres, s'accrochant, coûte que coûte.

Lorsque le secrétariat de Jules Viette ouvre le courrier avec une fine lame pour ne rien abîmer, une demi-feuille, avec des petits carreaux, est jointe à la lettre, pliée en deux. Avec la même plume, l'auteur a ajouté ces mots : « Tous les habitants de Chaudun, soussignés, s'engagent, par la présente pièce, à vendre à l'administration forestière, à un prix raisonnable et respectable, tout ce qu'ils possèdent dans ladite commune, maisons, propriétés, forêts, montagnes. » Le premier à parapher signe « Pauchon Jean fils ». Suivent Laurens Joseph, puis

« veuve Chabre », et tous les habitants, souvent d'une écriture tremblée, maladroite, enfantine. L'époux de Marie Pauchon, Philippe Chabre, a signé. Comme Jean Marin, Martin Marin, Jacques Laurens, Élie Laurens, Étienne Chabre ou Joseph Taix, qui n'est pas encore maire.

Le père de Félicie, Jean-Antoine Marin, figure parmi les citoyens qui ont signé l'appel au secours. Il est veuf depuis dix ans, sa femme, la mère de Félicie, est décédée en juillet 1878, à peine plus d'un an après sa fille, et il n'a pas de descendant, ses enfants étant morts les uns après les autres avant de pouvoir grandir et vieillir. Je le vois, dans la lumière du matin, quand le soleil éclaire sans réchauffer, venir sur la tombe de sa fille, derrière l'église, lui parler, lui raconter sa solitude, ses questionnements et les jours qui défilent toujours plus lentement avec l'âge. Auguste Chaix, le garçon devenu adulte, que sa femme avait eu avec son premier mari décédé, l'héberge chez lui par humanité ou par souci d'économie. Il doit encore pouvoir accomplir des tâches pour la communauté. Garder les bêtes, les accompagner. Ou bien s'occuper du potager derrière le village. À 63 ans, le père Marin est venu ce soir d'octobre, il s'est levé à son tour dans la petite salle et il a signé, comme ses voisins, réclamant le droit de vivre dignement, même si cela signifie fuir et abandonner la sépulture de sa fille et celle de sa femme.

Aucun, parmi les vingt-six habitants identifiés par leurs signatures, n'a visiblement rédigé la lettre : je ne suis pas spécialiste en graphologie mais les écritures ne correspondent pas, c'est une évidence.

J'ai d'abord pensé que les trois doigts de celui qui a rédigé la pétition d'octobre étaient ceux de l'instituteur. La lettre est écrite d'une plume magnifique et le registre des mots utilisés suppose un vocabulaire, une grammaire, une langue et donc une formation. À l'époque, les professeurs font aussi fonction de secrétaire de mairie, et ils tiennent la main haute sur les écrits des villages. En 1888, l'instituteur s'appelle Joachim Marcellin, il est originaire de Rabou, le village voisin, relié par un mauvais sentier. Il a 59 ans quand il est « placé » à Chaudun, selon la formule de l'époque. Une carrière chaotique. Son brevet de l'école normale primaire à l'âge de 26 ans. Il fait office d'instituteur suppléant, remplaçant des collègues malades pendant plusieurs années. Un temps, il disparaît même des écoles publiques : « Abandonné l'enseignement faute de place annuelle », indique-t-il lui-même sur une note destinée à résumer sa carrière afin d'obtenir une pension. Il reprend une place dans une école libre, avec l'autorisation de l'inspecteur d'académie. La maladie de sa femme l'oblige à arrêter à nouveau. Et ainsi, jusqu'à sa nomination dans le village perdu en 1885. Sa signature est tremblante, mais elle est magnifique, sa fonction, sa mission ont effacé son prénom : « Marcellin instituteur », écrit-il pour décliner son identité. À Chaudun, je le croise régulièrement, enfin, je veux dire, dans l'état civil. C'est lui, bien souvent, qui accompagne les frères, les sœurs, les mères, les pères, qui viennent déclarer la mort d'un membre de la famille, et il sert de témoin, signant les registres, autorité morale et officielle. Il prendra sa retraite dans le village de Rabou où il est né, survivant quelques années après la vente, très loin d'un rêve d'émigration. Son écriture ne correspond pas à celle de la pétition, elle est moins déliée, moins limpide, plus douloureuse dans la forme, je ne crois pas qu'il ait rédigé ce texte.

La mémoire locale a fait du curé, un étranger à la vallée, l'auteur de la lettre. Ou du moins le principal instigateur de cette révolte. Aucune preuve, mais des certitudes transmises par la parole des anciens. Ce soir d'octobre, lorsque les hommes se réunissent, l'abbé se nomme Jean-Pierre Robert. Un enfant de paysans devenu curé, c'est quasiment tout ce que l'on sait de lui. Les archives paroissiales nous apprennent qu'il est né en août 1828 à Charbillac, à quelques kilomètres à vol de choucas. Je suis allé chercher sa tombe dans le petit cimetière de Charbillac, un beau matin d'hiver, quand le vent provoque la chute de la température des corps, celle-ci a disparu, avalée par le temps et la terre, la pluie, le gel, le soleil et les vers, recouverte d'autres cadavres et d'autres destins.

Jean-Pierre Robert était le dernier d'une famille de cinq enfants. À 27 ans, après le petit séminaire, au début de l'été 1855, il a été ordonné prêtre. Puis il a vécu pendant près de trente ans en Amérique, au Canada. Il y a suivi des dizaines de curés de montagne partis au Québec pour évangéliser de nouveaux territoires, empruntant le sentier ouvert par un évêque précurseur. Avait-il été désigné d'office ? S'était-il porté volontaire ? Par vocation ? Goût de l'aventure ? On le retrouve en France au moment de sa nomination comme curé de

Bersac, dans le sud des Hautes-Alpes, pendant quelques mois, puis comme curé de Chaudun, le 1er octobre 1887. Un « revers de fortune », ont dit certains habitants dans une formule étrange à propos d'un religieux. Une « histoire de mœurs », ont cru savoir d'autres paroissiens. Cela dissimulait-il une liaison avec une ou plusieurs femmes ? Une affaire d'enfants illégitimes ? D'enfants abusés ? À l'époque, la première était tolérée, la deuxième dissimulée, la troisième ignorée. Au mieux, ou au pire, dans les différents cas, éloignait-on les religieux pour se débarrasser des problèmes.

La hiérarchie envoie habituellement à Chaudun de jeunes curés pour leurs premiers postes. Des gamins de 25 ans qui découvrent l'isolement et l'enfermement de l'hiver, quand il faut tuer les journées les unes après les autres en attendant la résurrection du printemps. Leur âge est une garantie qu'ils ne protestent pas. On pense certainement qu'ils vont apprendre dans la dureté, que le cuir de la souffrance forme les hommes et que les plus jeunes n'ont pas de raison de commencer plus facilement que leurs aînés. Le père Robert, lui, a presque 60 ans et aurait normalement pu prétendre à un bourg, voire une petite église à Gap ou Briançon, en reconnaissance symbolique de trente années au service de Dieu. Les hommes de Chaudun n'ont probablement rien exprimé. Les femmes non plus, même si elles n'en pensaient pas moins. L'important, c'était d'avoir un religieux pour les messes, les communions et l'extrême-onction. Pendant plusieurs mois, il n'y avait pas eu d'abbé et il avait fallu se contenter des messes du curé de Rabou, un jeunot, une fois par semaine, lorsqu'il acceptait de monter au village après deux heures de marche rapide. Cela coûtait plus cher que les messes habituelles : 6 francs, contre 3 lorsqu'il s'agissait du curé de la paroisse. Et cela ne satisfaisait pas les femmes qui voulaient un prêtre à qui parler et se confesser.

Les premiers pas de l'abbé dans sa paroisse ont été hésitants. Au sens propre : le curé Robert a la « jambe droite plus courte que la gauche », et il boite, c'est écrit dans le registre de l'armée, que j'ai retrouvé, lorsqu'il a été tiré au sort en 1848 pour le service militaire. Son handicap lui a permis d'être exempté et d'éviter les longues années de service alors qu'il avait tout juste 20 ans. Chaudun, c'est une autre punition. Il prend son poste en octobre, c'est la période des mutations, il ne peut ignorer que la saison dure est devant lui et qu'elle est interminable. Le premier jour, du col de Gleize, puis du col de Chabanottes, au-dessus de la vallée, ses yeux ont étreint le paysage et, d'instinct, comme le ferait tout homme qui découvre ces lieux perdus, il a saisi la peine d'éloignement à laquelle il venait d'être condamné. Du dernier col, il faut une bonne heure pour rejoindre le village. L'abbé Robert est un vieillard pour l'époque, il marche lentement, il a le temps de macérer ses pensées, de les laisser dérouler, virage après virage, kilomètre après kilomètre, avec ce sentiment de doute étrange que fait naître la descente en montagne quand l'homme sait qu'il n'aura pas d'autre choix que de tout remonter, pas à pas, lentement, lorsqu'il voudra repartir et s'échapper. Au bas de la descente, il a franchi le pont en pierre et il est entré dans le village, le corps sali par la sueur et la poussière du chemin.

L'arrivée du nouveau curé était attendue, il ne pouvait en être autrement. Une partie des habitants travaillaient dans les champs ou dans les bois, seuls ou en petits groupes, et il en a croisé quelques-uns dans les hauteurs, salués d'un geste de la main. Dans la rue principale du village, une rue sans nom le long de la rivière, il voit les enfants qui courent, dans l'excitation d'un moment enfin différent de la routine quotidienne, les mères qui s'arrêtent de travailler et qui observent en silence, les pères qui parlent entre eux, dans cet instant si particulier où les êtres humains dévisagent, murmurent, jugent, jaugent, tentent de deviner comment se comportera cet étranger qui arrive, comme si le visage, l'attitude, la démarche pouvaient nourrir d'indices la curiosité collective. Puis il y avait eu des mains serrées, la paume dure des paysans contre la paume vieille et tendre de l'homme d'Église. Des mots échangés, la présentation du maire, de l'instituteur, celle des chefs de famille. Enfin, la visite de l'église et du presbytère, accompagnée par une petite troupe de curieux et de fidèles.

Il faut se représenter ce que signifie être curé, à l'époque, dans un village aussi pauvre. Les hommes de Dieu se transmettent une misère. À la fin de chaque exercice, les paroissiens procèdent à un état des lieux des biens de l'église. On étale, on compte, on recompte ce que le curé possède, ce qui appartient à la collectivité des croyants. Pendant des heures, les hommes qui composent le « conseil de fabrique » ouvrent les armoires, défont les draps, les tissus, rassemblent les objets. Il en ressort une longue liste. Avec cette précision, si tout va bien et si le curé de Chaudun a su gérer sa paroisse en bon père de famille : « Attestons que tous les meubles qu'il a trouvés à son arrivée ont été conservés et qu'il a même augmenté le nombre. » Suit une liste d'autels en marbre, de chaire à prêche, de confessionnal, d'armoires pour les ornements, de candélabres, de chandeliers (vingt), de bancs mobiles (douze), de croix en bois (deux), en cuivre (deux autres), d'aspersoirs (deux), de chasubles (douze), un reliquaire avec des reliques de saint Jacques le Majeur et de saint Jacques le Mineur.

La réalité est qu'il n'y aurait de toute façon pas grand-chose à prendre. Je cite les états des lieux. « Un mauvais fauteuil. Une mauvaise caisse. Un poêle sans tuyaux. Deux tableaux sans valeur. Une garde-robe et un vieux buffet », écrivent les paroissiens dans leur inventaire. « Trois tonneaux dont l'un pour les lapins, le second pour les vins et le troisième sentant beaucoup le moisi. Un petit et mauvais banc, quelque chose qui autrefois fut une espèce de fauteuil », ont relevé les membres du conseil avant de signer.

Une espèce de fauteuil.

Autrefois.

L'abbé Robert a pris ses fonctions au nom de Dieu le 1er octobre 1887. Il est reparti deux années plus tard. Son histoire personnelle lui permettait de savoir que, ailleurs, en Amérique, en France, les hommes commençaient à vivre mieux, que les lignes de chemin de fer poussaient un peu partout sur le territoire et même dans les vallées voisines, que l'industrie commençait à embaucher des paysans qui allaient devenir des ouvriers, que la disette n'était plus la norme dans le reste des campagnes françaises, que la publicité faisait son apparition dans la vie quotidienne et incitait à consommer au-delà de la seule survie. Mais le curé Robert est reparti très vite, trop vite : moins d'un an après l'envoi de la pétition, il a obtenu sa mutation, il a plié ses vêtements, entassé ses livres dans ses valises, il a salué les habitants, il a marché dans la rue principale, il est remonté le long du chemin, virage après virage, jusqu'au col et il a pris son nouveau poste dans une paroisse du Champsaur, minuscule certes, mais moins pénible. Sans doute avait-on estimé à l'évêché que deux années à Chaudun étaient une peine suffisante pour un vieillard. Il a déserté le 1er octobre 1889 alors que la bataille pour s'enfuir ne faisait que débuter. Dans les centaines de pages d'archives, son nom ne revient jamais – sauf une fois, ajouté sur une note administrative, écrit au crayon à papier, pour indiquer qu'à cette date il est installé dans une autre paroisse. Le curé Robert a pu être l'instigateur, le détonateur, l'animateur, le penseur, l'auteur resté anonyme de la pétition d'octobre 1888, mais ce sont les habitants qui ont persévéré, seuls, pendant sept très longues années, jusqu'à ce jour d'août 1895.

IV

Émigrants !! Grande baisse de prix pour la Californie

Il y a pire que les nuits glaciales d'hiver. Les nuits glaciales d'hiver avec le vent qui souffle. Sur les crêtes, quand hurle le vent du Nord qu'on appelle la bise, exaspérante, épuisante, vent qui porte si mal son nom, l'homme peut perdre courage comme on perd patience. Lorsque le froid s'attaque aux doigts, puis aux orteils, au nez, aux yeux, il agit comme des aiguilles sous la peau. En raison d'une couche de poils ridicule, l'être humain est un animal bien fragile. Quand la température de son corps descend entre 37,2 et 36 °C, l'hypothermie est légère, le corps tremble. Entre 36 et 35 °C, la sensation de froid s'amplifie, la peau devient chair de poule, les mains s'engourdissent. Entre 35 et 34 °C, les frissons sont intenses, les mouvements pénibles et lents, la démarche hésitante. Entre 34 et 32 °C, les frissons sont encore plus marqués, l'élocution difficile, la pensée se ralentit, début d'amnésie, incapacité d'utiliser les mains, motricité ralentie. Entre 32 et 30 °C, fin des frissons, peau exposée bleue ou bouffie, très mauvaise coordination musculaire, incapacité de marcher, confusion, comportement irrationnel. En dessous de 30 °C, rigidité musculaire, semi-conscience puis inconscience, stupeur, baisse du pouls et de la fréquence respiratoire. Suivent l'œdème pulmonaire, l'insuffisance cardiaque et respiratoire. L'activité cardiaque s'interrompt à coup sûr lorsque le corps passe sous les 20 °C.

Bienvenue.

J'ai voulu retrouver les garçons qui ont survécu à l'enfance, ceux qui avaient pu connaître Félicie Marin et courir dans les vallons avant que les anciens n'éteignent la lumière du village. J'ai épluché laborieusement des milliers de pages du registre du service national. 34 000 actes sur autant de pages, remplies consciencieusement, année après année, par des centaines de petites mains de la grande armée française pour autant de rendez-vous, de questionnaires, de mains serrées, de derniers baisers, et d'une promesse d'ennui abyssal au rythme des exercices, des défilés, des couchers et des levers, des déplacements sans fin, des ordres et des contre-ordres – la grande armée française qui passe alors son temps à rêver de grandeur et à perdre ses guerres. 34 000 actes pour retrouver vingt jeunes gars de Chaudun immatriculés sous les drapeaux de l'armée, en tout cas tirés au sort pour rejoindre leur régiment, le plus souvent pour de très longues années de casernement. En cherchant dans ces registres, il me faut être honnête, j'ai une idée, ou plutôt un espoir étrange : trouver les descriptions physiques, mesurer les tailles, connaître les poids, la couleur des yeux, la forme des visages de ces hommes que je côtoie désormais depuis des années sans les connaître ni les voir, sauf sur une poignée de photos. Car, si l'armée ne gagne pas ses guerres, sauf face à des peuples lointains et désarmés, elle enregistre tout, méticuleusement, dans cet amour de l'ordre absurde qui conduit à écrire des kilomètres de paperasse où chaque échelon justifie son existence au regard de l'échelon voisin.

Je peux voir les scènes dans une salle emplie de soleil de la caserne de Gap. Des longues queues d'attente pour les mâles convoqués, pour lesquels l'apprentissage de la hiérarchie militaire commence là, dans le supplice du temps perdu, du bon vouloir de l'autorité, des questions pour lesquelles il n'existe qu'une seule réponse possible.

« Nom ? »

« Prénom ? »

« Numéro d'enrôlement ? »

« Commune de résidence ? »

« Profession ? »

Et le préposé prépose ainsi ligne après ligne, rouage d'une armée de bureaucrates. Le régiment est un théâtre physique, où les corps sont importants, où il faut distinguer les individus dans la masse, où il faut aussi exclure ceux qui ne peuvent pas marcher ou qui sont trop handicapés pour les exercices, ces estropiés ou autres débiles, comme on les appelle alors sans fioriture. Donc, l'armée remplit, depuis des décennies, des cartons de descriptions physiques, et ce sont celles-ci que je recherche pour grappiller des indices charnels et faire revivre les hommes de Chaudun.

Dans les dossiers personnels de l'armée, le front peut être normal. Ou bombé. Ou fuyant. Les yeux sont châtains. Verts. Roux. Bleus. Les cheveux bruns ou noirs, blonds plus rarement. Je pense aux consignes officielles données pour remplir les cases. Prenons le nez, par exemple. Il n'y a pas de science exacte du nez. À quel moment devient-il aquilin ? Ou en trompette ? À quel degré obtient-il le titre de nez écrasé ? Je me plais à imaginer les dialogues et les disputes entre responsables des préposés aux registres dans un bureau du ministère des Armées pour savoir ce qu'il faut consigner à des centaines de milliers d'exemplaires pendant des dizaines d'années. La première fois qu'il faut décrire un nez, et le ranger dans une catégorie. À partir de quelle taille devient-il gros ? Et comment se transmettent les consignes ? Existe-t-il un chef au second rang, derrière les tables en bois sur lesquelles s'opéraient les enregistrements, dont la mission est d'être le juge de paix des registres et des conflits d'interprétation ?

« Gros nez, mettez un gros nez, pas moyen. Et le front, là, il est ordinaire, pas fuyant. »

« Vous n'avez rien compris. Petit nez. Et front évasé. Pas l'inverse. »

« Moyen, mettez moyen partout, ne perdez pas de temps. »

« Petite bouche. C'est peut-être ça qui fait le gros nez. »

La langue française a construit un vocabulaire rabelaisien pour dire les nez, leur variété et leur importance afin de pouvoir distinguer les individus entre eux. L'administration militaire, elle, a cédé face au pragmatisme des préposés aux registres, et, après examen de vingt années de listes, retenez que l'humanité se divise finalement en trois catégories. Il y a les nez gros. Il y a les nez moyens. Il y a les nez petits.

Joseph Bonnardel, payé moins de 4 francs par jour comme journalier à Chaudun, avait un petit nez. C'est écrit à l'encre noire de la République sur les registres que l'armée a conservés. Irréfutable. Ambroise Chaix, cultivateur, avait un nez considéré par la grande armée française comme un gros nez. Joseph Chaix, issu d'un autre lit, avait lui aussi un gros nez. Mais médaille militaire à Verdun et au Chemin des Dames quelques années plus tard – le courage ne se mesure décidément pas en centimètres, ni en belle gueule. Auguste Laurens, rond du menton, yeux gris, 1,56 m, sourcils et cheveux châtains. Cyrille Chabre, cultivateur, yeux châtains, nez moyen, sourcils bruns, petite bouche, 1,66 m. Philip Marin était discret en tout. En nez (petit), en front (ordinaire), en bouche (moyenne), en menton (rond), en visage (ovale). Et en taille : 1 mètre et 57 centimètres sous la toise du régiment, dans la moyenne de ses camarades, de Chaudun et d'ailleurs, avant que l'alimentation carnée régulière ne fasse s'élever la hauteur d'où les hommes regardent leurs pieds par-dessus leurs pifs.

J'étais donc parti à la recherche des indices physiques dans les registres militaires. Le hasard des noms qui reviennent en boucle m'a fait emprunter un autre chemin et entrer dans l'intimité des familles. Dans ce village, où le sperme s'est répandu entre voisins et voisines, entre cousins et cousines, où il fallait les deuxièmes et troisièmes prénoms pour comprendre les identités, je croise ainsi le destin d'une des familles Chabre. Quatre frères sur vingt habitants envoyés au service en deux décennies, c'est au-delà de la malchance ou de l'anomalie. Le plus probable, en réalité, était que la désignation de ces Chabre-là pour la machine régimentaire arrangeait tout le monde, y compris peut-être la fratrie et leurs parents.

Le plus âgé des quatre frères est Auguste Séraphin. Il est né le 30 août 1868 dans le foyer familial. Yeux gris, nez moyen, menton rond, sourcils châtains, front ordinaire, bouche moyenne, visage rond, 1,59 m.

Élie est né le 25 mars 1871 au même endroit, sans doute nettoyé avec la même serviette, aspergé d'eau tirée de la même bassine, réchauffé sous une couverture usée. Comme sa mère avait perdu les eaux fin mars, le poêle avait probablement été rallumé pour maintenir une température constante et assécher l'atmosphère, comme le fait si bien un feu de bois. Yeux châtains, nez fort, menton rond, sourcils châtains, front découvert, bouche moyenne, visage ovale. Pas de taille indiquée.

Ferdinand François, dit « Barjon », est né le 2 août 1873, c'est tout ce que je sais. J'ai eu envie de penser que le préposé aux registres avait eu une absence, qu'il avait rêvé à sa bien-aimée délaissée, qu'il avait souhaité partir plus tôt à la cantine, qu'il s'était plaint de maux de ventre ou qu'il avait répondu à la blague d'un voisin de bureau, bref, que le préposé avait juste oublié de noter les descriptions physiques de Ferdinand

François, plongeant l'enquêteur, un siècle et demi plus tard, dans de vaines interrogations sur la forme de son nez et la couleur de ses yeux. La réalité est, comme souvent, moins romantique : Barjon ne s'est pas présenté à la caserne comme il aurait dû – je vous dirai pourquoi.

Le dernier Chabre appelé sous les drapeaux s'appelle Jean-Pierre, il est né le 14 novembre 1876. Yeux roux, nez moyen, menton rond, sourcils châtains, front ordinaire, bouche moyenne, visage ovale, taille 1,63 m.

Il est difficile de savoir si la fratrie ne se ressemblait pas. Ou si les discordances dans les descriptions des frères Chabre témoignent de la relativité des apparences physiques et, plus encore, de la façon d'en rendre compte en quelques mots dans une langue militaire. La question n'est pas là. Pourquoi quatre frères ? Pourquoi et comment le hasard du tirage au mauvais sort a-t-il pu tomber chaque fois sur un frère Chabre ? La main invisible du marché militaire s'est-elle acharnée ? Ou bien y avait-il une main pour choisir ces Chabre-là à la place des Chaix, des Taix, des Pauchon ou des habitants d'autres villages du canton ?

Je m'éloigne de la vallée pour comprendre. La réponse la plus probable se trouve dans les coupures délicates de la presse locale de cette fin de siècle. Dans ces années, on pétitionne comme on respire. Chaque petite ville a plusieurs journaux qui rivalisent pour animer la vie locale, les batailles politiques sont farouches et les mises en cause personnelles monnaie courante. Les réseaux sociaux sont alors imprimés et sans grande vergogne.

Le Réveil des Alpes, par exemple, se fait le relais d'une lettre expédiée au ministre de la Guerre, à Paris, et transmise au patron du journal.

Monsieur le Ministre,
Les jeunes gens de la conscription de Gap, classe 1894, profondément écœurés de l'injustice qui a été commise par la commission départementale des Hautes-Alpes, en faveur de M. Aurouze, Louis, conscrit, numéro 3 du tirage au sort du canton de Gap, dispensé à titre de soutien de famille, vous adressent la protestation suivante.
Le père du conscrit Aurouze, âgé de 55 ans, conseiller municipal de Gap, commerçant et riche propriétaire, se trouve imposé aux contributions pour la somme de 130 francs environ. Au point de vue de sa santé, il est atteint d'une constitution très robuste et n'est atteint d'aucune infirmité. Sa famille se compose de Mme Aurouze, sa femme, âgée d'environ 50 ans, très valide ; et de six enfants, dont les deux aînées sont mariées à des propriétaires aisés, habitant une contrée de l'Amérique ; le troisième enfant est notre conscrit ; le quatrième enfant est un garçon âgé de 20 ans, valide et de constitution robuste, qui peut amplement remplacer son frère pour les besoins de la famille ; le cinquième enfant est une fille âgée de 18 ans, très bien constituée et valide ; le sixième enfant est une fille âgée de 14 ans, allant encore en classe. Considérant que la famille Aurouze est aisée et qu'elle n'est nullement dans les conditions prévues par la loi pour faire retenir son fils Louis comme soutien de famille, les jeunes gens de la conscription de Gap, classe 1894, en se faisant l'écho de la population gapençaise, viennent protester énergiquement auprès de vous

contre un pareil passe-droit et espèrent que satisfaction sera donnée à leur juste réclamation. Confiants en votre impartialité, les soussignés, conscrits, sont avec un profond respect, Monsieur le Ministre, vos très humbles et très dévoués serviteurs.

Le journaliste a publié la lettre telle quelle. Il a ajouté son propre commentaire, trempé à l'encre de l'indignation : « L'injustice dont se plaignent les conscrits de Gap est l'un des abus les moins graves auxquels se livrent journellement les petits tyrannaux détenteurs des mandats électifs dans le département. Néanmoins, il est toujours bon d'entendre parfois une voix s'élever énergiquement contre les abus de nos maîtres et leur rappeler que l'impudence a des bornes. Nous recommandons cette pétition à l'attention des hommes politiques de la commission chargée de l'appréciation des demandes pour soutiens de famille et qui seuls peuvent être rendus responsables du "passe-droit" commis. » Et le journaliste de donner les noms de trois conseillers généraux avec cet avertissement : « Les électeurs n'oublieront pas les noms des représentants qui n'hésitent pas à sacrifier à d'inavouables considérations de parti les intérêts d'une famille vraiment pauvre, dont le fils eût pu bénéficier d'une dispense en lieu et place du fils d'un conseiller municipal de Gap. » Le ministère des Armées, qui s'enfonce alors dans l'impasse de l'affaire Dreyfus, a entendu la protestation et le conscrit numéro 3 a été déclaré bon pour trois ans de service, rattrapé par la colère de ses petits camarades.

S'il fallait des passe-droits pour les puissants, il fallait des pauvres bougres pour remplir les casernes de l'armée et continuer à faire croire en l'égalité républicaine. Pourquoi donc les Chabre ? Je remonte aux parents, Joseph Chabre, le père, et Sophie Laurens, la mère. Ils se sont mariés le 18 décembre 1861 à Chaudun. C'était un mercredi. À 9 heures du soir. À cette saison, en altitude, il fait nuit noire et généralement un froid de tombe. Je lis l'acte de mariage. « Sa Majesté l'Empereur, par un décret du 30 octobre dernier, a levé la prohibition qui existait entre eux comme beau-frère et belle-sœur », a écrit le maire.

Le 30 octobre 1861. Ce matin-là, le journal *Le Siècle* note que « la Bourse a fini dans d'excellentes conditions et avec des demandes très nombreuses non satisfaites ». Le soleil est apparu à 6 h 25 à Paris, la météo est assez exécrable, il a plu toute la journée, le thermomètre marque 5,4 °C au-dessus de zéro. La France, l'Angleterre et l'Espagne signent un traité pour s'entendre sur le partage des terres du littoral mexicain quelques semaines avant d'envoyer 6 000 soldats espagnols, 2 500 français et 1 000 anglais, face aux velléités d'indépendance du Mexique. « D'après un bruit qui circule », le journal raconte que la maison Rothschild « serait en pourparlers avec la Banque de Prusse pour une opération financière ayant pour but de mettre à la disposition de la Banque de France 15 millions de thalers en argent. ». À l'Académie des inscriptions et belles-lettres, un professeur à la faculté de Dijon, Louis Benloew, fait lecture de ses considérations sur les « caractères du langage primitif », une longue dissertation sur les origines supposées des langues, notamment du mandarin. Les théâtres parisiens font le plein dans cette joyeuse bousculade de robes longues et de vestes qui précède les spectacles. À la Comédie-Française, on joue *La Pluie et le Beau Temps*. À l'Opéra-Comique, *Le Postillon de Lonjumeau*. À l'Opéra Garnier, c'est *Alceste*. L'empereur Napoléon III est-il allé voir *Alceste* à l'opéra ce soir-là ? L'histoire ne le dit pas. Mais du palais des Tuileries, sa résidence officielle, lui, « empereur des Français, à tous présents et à venir », a signé, « par la grâce de Dieu et la volonté nationale », un décret impérial qui apparaît dans les lignes brouillonnes de l'état civil. Napoléon le Petit avait dû recevoir sur son mobilier d'empereur un dossier manuscrit présentant la requête de Joseph et Sophie. À cette époque, on donne du « Sire » ou du « Très Puissant Empereur ». Il l'a signé ou bien, et c'est le plus probable, un aide de camp s'en est chargé – il ne fallait pas être en retard pour l'opéra. Le décret a redescendu tous les échelons administratifs de l'Empire jusqu'à la mairie de Chaudun afin que le mariage puisse avoir lieu.

« Sa Majesté l'Empereur… » Je remonte dans l'état civil, et l'explication vient à moi. Le 26 juillet 1860, Mélanie Laurens, 21 ans, cultivatrice, première épouse de Joseph Chabre, meurt, à 6 heures du matin, dans sa maison au centre du village. Elle a accouché dix heures plus tôt d'un petit garçon, qu'ils avaient choisi d'appeler Joseph, comme le père. L'enfantement l'a tuée, drame banal de la condition féminine. Dans le petit cimetière de Chaudun, pour l'enterrement de Mélanie, le père de Félicie Marin, était présent. C'était son cousin, et ils étaient suffisamment proches, j'ai retrouvé son nom dans les contrats, pour être témoin de son mariage le jour où elle avait épousé Joseph Chabre. Je peux supposer que Félicie a assisté, sans le savoir, à la cérémonie d'enterrement – l'honnêteté m'oblige à dire que c'est un brin tiré par les cheveux, elle était encore dans le ventre de sa mère alors enceinte de quatre mois.

Là n'est pas l'essentiel. Une trentaine de jours après le décès, environ, je reste modeste et prudent sur les dates et sur le déroulé précis des faits, Joseph, le veuf, 29 ans, introduit son sexe dans l'appareil génital de Sophie, la petite sœur de Mélanie, âgée de 19 ans. Au moins une fois. C'est cru mais c'est ainsi, attesté, vérifié, biologique, tamponné par la République, puisque, selon l'état civil, et l'état civil ne ment jamais, ou presque jamais, un spermatozoïde de Joseph réussit sa course folle, et féconde un ovule de Sophie – un enfant naît de leurs étreintes et de ses entrailles à elle dix mois après le décès de la grande sœur. Quelques semaines plus tard, ils se marient avec la dispense donnée par l'empereur, comme le prévoit le Code civil du grand Napoléon. Les Chabre ont donc constitué une famille recomposée. Par la mort, par le désir et par la morale de l'époque, cette morale si puissante et si relative. Dans l'état civil, les hommes ont souvent dix ans de plus que leurs épouses. Un deuxième mariage pour eux, un premier pour elles, secondes mains sur le marché cruel et historiquement inégal de l'amour et de la reproduction. Sophie a-t-elle eu le choix face au sexe de Joseph ? Les parents de Mélanie et Sophie sont morts depuis longtemps, le père en 1855, la mère en 1857. Un tuteur les a pris en charge, c'est le futur maire du village, Joseph Taix, celui qui apparaîtra sur les photos d'août 1895 avec sa pipe et son chapeau noir. Il signe à leur place quand c'est nécessaire, y compris pour le mariage de Mélanie. Sophie vivait probablement avec sa sœur dans la maison de Joseph quand celle-ci est morte. Pouvait-elle ne pas céder à cet homme et à son désir ? Quelle était sa liberté ? Dans l'intimité des familles, dans cette époque où le sexe s'accomplissait sans nudité, les mots d'amour et de séduction existaient-ils ? Ou l'a-t-il prise, un soir ou une nuit, après sa journée de travail dans les champs, parce qu'il en avait envie, parce qu'il en avait besoin, et qu'elle était là, et qu'elle ne pouvait rien dire, rien opposer, et que c'était son destin de femme, de femme orpheline, de ne pouvoir dire non ? Joseph s'est marié avec Sophie après qu'elle est tombée enceinte – ce verbe tomber qui continue de me fasciner tant il éclaire les non-dits en cherchant à les dissimuler. Il fallait régulariser leur situation. Comment, ensuite, ont-ils raconté leur histoire à leurs enfants ? Ont-ils préféré le silence tout en sachant que personne, dans le village, n'ignorait leur destin ? Mais que cet arrangement, probablement, arrangeait tout le monde. Du fruit de leurs amours et de leurs entrailles, avec une régularité de métronome, sept enfants vont naître en quinze ans. Peut-être se sont-ils aimés, au final, malgré les circonstances de leur union.

Car, en amour, comme pour les nez, il n'existe pas de science, pas de certitude, pas d'unité de mesure ; Joseph et Sophie ont emporté leur histoire dans le petit cimetière, mélangeant leurs os et leurs poussières avec les secrets du village.

J'avais laissé François Ferdinand dit « Barjon », un des quatre frères Chabre, dans cet instant où le préposé aux registres constatait l'impossibilité de décrire son nez, ses yeux, ses cheveux parce que le conscrit n'était pas présent devant lui. « Barjon » n'est pas venu à la caserne se faire enregistrer, c'est un insoumis, un jeune homme qui a choisi de se mettre dans l'illégalité face au service national. L'armée le déclare réfractaire en 1895, en 1908 puis à nouveau en 1909. Sur le registre militaire, sa résidence a été indiquée au crayon gris : « Amérique ». Sans autre détail. Il a, en réalité, suivi les pas, tout du moins l'exemple, de son frère aîné, Élie, déclaré insoumis en 1893, en 1902, en 1903, puis à nouveau en 1909, condamné deux fois à une peine de prison. Deux Chabre sur quatre ont ainsi préféré l'insoumission aux années d'encasernement.

Je reprends la liste des vingt conscrits de Chaudun pour identifier ceux qui ont préféré risquer la prison. Un par un, ils apparaissent, recensés par l'armée, poursuivis par les gendarmes, sans grande efficacité puisque la plupart sont partis très loin. Jules Marin a été déclaré insoumis en 1891 puis en 1909. Il réside, selon l'armée française, en « Amérique » – je ne suis pas parvenu à déchiffrer le lieu exact. Marius Villard, le fils du facteur, est insoumis en 1890, puis en 1909, berger en « Amérique ». Joseph Bonnardel, insoumis en 1891, est cultivateur à Delano, dans le comté de Kern. Cyrille Chabre, sans lien de famille direct avec les frères Chabre, déclaré insoumis en 1893, est cultivateur à Stockton, en Californie. Lui reviendra pour la guerre en août 1914. Six insoumis sur vingt habitants présentés au service militaire. Il fallait fuir l'armée, il fallait fuir le village. À tout prix, même au risque de la prison. Dans mes recherches, dans les documents de l'armée, je découvre les nombreux comptes rendus des gendarmes partis à la poursuite des réfractaires, ou bien qui cherchent à vérifier si les demandes de dispenses sont légitimes. Un bonheur de lecteur. Celui-ci, par exemple, pioché au hasard, rédigé sur procès-verbal, qui témoigne de la permanence d'une littérature gendarmesque à travers les siècles, des montagnes des Alpes jusqu'au plateau de Tarnac. « Nous, soussignés, Reverchon Louis, brigadier, et Mugnier, Louis, gendarme à cheval, revêtu de notre uniforme et conformément aux ordres de nos chefs nous prescrivant de procéder à une enquête sur la position du né C. Marie François Victor, tiré au sort et qui réclame la dispense pour soutien de famille. » Pour leur enquête, les deux gendarmes ont interrogé quelques voisins. Je cite le verbatim de leurs réponses. Le premier : « Je connais particulièrement la famille C., qui est composée de la mère, veuve, de deux fils qui habitent avec elle et de deux filles qui sont hors de la maison ; cette famille possède une belle propriété dont le produit est à peu près suffisant pour ses besoins. La mère est encore robuste et le fils aîné, quoique boiteux, est actuellement employé à l'usine de ciment comme manœuvre, il peut soutenir sa mère. La présence du conscrit Marie François Victor, de la classe 1895, n'est pas indispensable dans sa famille et j'estime que trois années de service militaire ne pourront être que salutaires. » Un autre voisin : « Je connais parfaitement la famille C., composée de la mère, de deux fils qui habitent avec elle, d'une fille mariée hors de la maison et d'une autre en service à Marseille. Cette famille n'est pas riche, elle possède quelques parcelles de terre de peu de valeur, le fils aîné est estropié de la jambe gauche ce qui le gêne pour les travaux de la campagne, de plus il est très insouciant et dépense au café le peu d'argent qu'il gagne en travaillant à la journée. Son frère, Marie François Victor, est un très bon ouvrier et soutient un peu mieux sa mère ; sa présence est donc nécessaire dans sa famille. » Deux autres voisins témoigneront en défaveur du conscrit, et les gendarmes concluront que les « allégations portées sur la demande de dispense sont peu fondées ».

Il y a les insoumis, il y a aussi ceux qui se sont présentés au service militaire, ont accompli leurs classes sagement, puis ont ensuite migré vers l'Amérique, ce continent qui semble si prospère, le train jusqu'au Havre, le bateau pour New York, à nouveau le train jusqu'en Californie. Si peu à perdre, tout au plus l'investissement d'un billet, ce qui n'était pas rien mais offrait la promesse d'un rêve et d'un horizon. Auguste Chabre, le plus âgé des frères Chabre, habite Shingle Spring dans le comté d'El Dorado en 1891, puis en Arizona en 1903 il sera moutonnier, employé à la construction des chemins de fer, puis mineur à la recherche d'or. Sa sœur, Marie, partira aussi, plus tard. Ambroise Chaix prendra le bateau puis le train pour San Francisco. Auguste Laurens, enregistré comme domestique, va vivre en Californie. Un autre, Joseph Bonnardel, journalier, part en Tunisie – il sera plus tard mobilisé au sein du régiment des Zouaves. Pierre Chabre rejoindra l'Amérique à l'âge de 21 ans. Dans les actes des notaires, je retrouve d'autres traces, d'autres noms d'enfants de la vallée partis à l'étranger pour survivre et espérer. À la date du 6 août 1895, Pierre Marius Chaix travaille à Bakersfield. Étienne Chabre est en Algérie. Théophille Villard est en Amérique. Je trouve deux membres de la famille Taix en Californie, l'un à Fresno, l'autre à San Juan. Un troisième Taix habite 32, rue des Consuls à Alger – je n'ai pas retrouvé l'étage.

Dans les journaux du département, le rêve de l'exil a une adresse, et un prix. La tentation est là, toute proche, pour ceux qui ont perdu espoir dans la montagne. Toutes les semaines des publicités promettent un avenir meilleur, très loin et pas cher, pour les candidats au départ.

> Passage pour l'Amérique. Nord, centre, sud. Billets de paquebot en toute classe. ÉMIGRATION. Tickets de chemin de fer américain pour toutes destinations. Tarifs très réduits. Écrire à H. Zubert, agent général maritime, concessionné par le gouvernement français, 1 rue de Strasbourg,

Paris. Représentant local : Robert Léon, 1 place Chevreril, Saint-Bonnet.

M. Eyraud Pierre, de Saint-Julien, informe les personnes qui voudraient se rendre aux États-Unis d'Amérique, qu'il est le représentant autorisé de la Compagnie Transatlantique pour leur délivrer les billets de passage pour toute destination. Tous les renseignements concernant l'émigration sont fournis à son domicile à Saint-Julien, à toute heure.

Compagnie générale transatlantique. Passages pour l'Amérique (*La Provence, La Lorraine, La Savoie,* etc.). Seul agent pour les Hautes-Alpes, Jean Pelissier, 8 place Jean-Marcellin, Gap. Départs de Gap : tous les jeudis. Renseignements gratuits.

Émigrants !! Grande baisse de prix sur les passages pour la Californie, de Gap à San Francisco et toute la Californie, prix 450 francs. Départ de Gap tous les jeudis, traversée en six jours par des ports français. S'adresser à M. Jules Jean, 30 rue Carnot à Gap (en face la poste).

Dans la vallée voisine du Champsaur, 5 000 personnes ont émigré en cinquante ans en Amérique, la plupart dans le Nord, quelques-uns en Argentine ou au Chili. Il fallait fuir la pression démographique et la crise économique créée par la surpopulation. En mars 1915, dans cette vallée, on recensera près de 900 jeunes hommes insoumis sur 11 000 habitants (hommes, femmes, enfants), probablement un des ratios les plus élevés sur l'ensemble du territoire français. Cette jeunesse a fui. Elle s'est endettée, souvent, à force d'intérêts et d'hypothèques sur les biens familiaux. Les premiers partis ont simplifié l'émigration des suivants, frère, sœur, cousin, cousine. À Chaudun, sur une population d'une centaine de personnes, au moment où le village s'éteint, je compte au moins seize hommes qui ont ainsi émigré vers l'Amérique, très majoritairement, ou l'Algérie et la Tunisie, pour deux d'entre eux. Certains ont pu partir plus tard, mais les traces se sont perdues. Au moins deux femmes ont pris le chemin de l'émigration, sans doute plus en réalité. Je retrouve le brouillon d'une lettre envoyée par un inspecteur des Eaux et Forêts au préfet, qui s'inquiétait de la « dispersion des habitants » de la commune disparue.

> J'ai l'honneur de vous adresser un état d'où il résulte que l'immense majorité des Chaudunois s'est fixée dans le département des Hautes-Alpes et même à Gap. Cette constatation a une réelle importance économique, elle tend à établir que les grandes acquisitions de terrain dans les Hautes-Alpes n'ont eu aucune influence sur l'émigration des habitants du département et sur la diminution de la population.

Le constat n'est pas faux ; mais, la plupart de ceux qui devaient partir avaient émigré avant 1895. Les photos du 6 août le prouvent : beaucoup de vieux, presque aucun homme entre 15 et 30 ans. Chaudun s'est lentement vidé de ses enfants, comme les mères se vidaient de leur sang lorsque l'accouchement se passait mal.

V

Puisse le ciel faire germer la précieuse semence

Il arrive, l'hiver seulement, que la mer recouvre les plaines des montagnes. Le froid et l'humidité dans les vallées, un soleil fort et sec en altitude, et tout est chamboulé : là où en temps ordinaire la température décroît d'un demi-degré par centaine de mètres d'altitude supplémentaire, c'est l'inverse, les températures deviennent clémentes en hauteur, le froid s'installe dans la plaine. De cette inversion thermique, qui représente parfois dix degrés d'écart au profit des sommets, naît une mer de nuages, immensité blanche, laiteuse, qui recouvre les plaines, les plonge dans l'ombre, accentue un peu plus le froid ressenti, tandis que les sommets semblent éclairés, réchauffés presque. Une histoire de molécules : l'air froid est plus dense et, lorsqu'un air chaud s'est installé au-dessus, les masses froides sont immobilisées, emprisonnées, entre les montagnes environnantes – je crois que ce sont les plus beaux paysages de l'hiver.

Des crêtes de Chaudun, on peut échapper aux nuages qui recouvrent le Champsaur. Plus difficilement aux croix. Avec les années, les décennies, les siècles, les fidèles ont témoigné leur reconnaissance à Dieu et ses curés. Ils ont planté des milliers de croix dans toutes les Alpes. Les collines, les pics, les monts. Signe d'humilité envers Dieu, signe de domination sur les humains qui vivent en dessous. En bois. En fer. Calées avec des pierres pour qu'elles résistent au vent, à la pluie et à l'âge. La République s'est parfois battue pour faire grimper des beffrois plus hauts que les clochers ; dans les Alpes, elle n'a pas livré ce combat-là. À Chaudun, il y eut jusqu'à vingt croix sur l'ensemble de la paroisse, en hauteur pour qu'elles soient visibles, là où les hommes circulent, pour leur rappeler que Dieu les observe. Je les ai cherchées, sans les retrouver toutes, vaincues par l'adversité, les années et le pourrissement inexorable du bois.

J'ai trouvé ce chiffre de vingt croix dans un document étonnant, intrigant, rare.

L'archiviste du diocèse m'en avait parlé avec la gourmandise de l'historien heureux : « J'ai quelque chose qui va vous intéresser. » Un questionnaire long comme un bras d'évêque, 203 questions au total, imprimées et transmises par la hiérarchie, remplies par les curés. Un audit de paroisse, du milieu du XIXe siècle, conduit dans toutes les Hautes-Alpes. Le curé a répondu à chacune des questions sur son église, ses ouailles, leur état d'esprit, leur foi, leurs croyances, leurs vices. Jean-Joseph Guieu, 29 ans, en poste depuis deux ans dans la paroisse, désigné dans ce trou perdu pour sa première affectation, comme on nommerait un jeune enseignant en zone d'éducation prioritaire, répond de son écriture fine et délicate. Question : « Le curé de la paroisse ne pourrait-il pas recevoir quelques-uns de ses enfants pour leur enseigner les premiers éléments du latin ? » Réponse : « S'il y avait des vocations, le curé de la commune aurait bien le temps de les soigner. » Pauvre abbé qui doit reconnaître que le paiement des messes lui rapporte de quoi vivre les deux tiers de l'année seulement, malgré les quêtes organisées avec le maire pour lui permettre de se nourrir et d'entretenir le bâtiment religieux. Son presbytère est « en très mauvais état », trois misérables pièces. Question : « Y a-t-il un lieu propre et décent pour se retirer ? » Aucun. « Y a-t-il une chaire à prêcher ? » « Une mauvaise et trop étroite. » Les missels sont en sale état, eux aussi. La paroisse a bien douze chasubles, dont quatre seulement sont passables et les autres ordinaires. L'évêché veut tout savoir, tout recenser, tout compter. Combien de calices ? De saint-ciboires ? Le cercle ou croissant de l'ostensoir est-il en vermeil ? En quel métal sont les vases des Saintes Huiles ? La Gloire est-elle en argent ? Combien de corporaux ? De palles ? De purificatoires ? De nappes de communion ? De bénitiers portatifs ? Y a-t-il une petite croix pour l'administration du saint-viatique et de l'extrême-onction ? Question : « Le cimetière est-il divisé en cinq parties de sorte que les inhumations n'aient lieu aux mêmes places qu'après cinq ans révolus ? » Non, cette pratique n'a jamais été observée. Comprenez que les enterrements font ressortir les restes de ceux qui sont morts les années précédentes, et on ne s'en émeut pas plus que cela, c'est le cycle de la vie.

Les enfants morts sans baptême ou les adultes non catholiques ? Ils sont enterrés « dans un coin » du cimetière. Y a-t-il une croix au milieu des tombes ? Oui, en bois. « Les fidèles ont-ils des livres de prière ? » Oui. « N'en ont-ils point de suspects ou de non approuvés ? » Non, rassure le jeune abbé. « Les offices se célèbrent-ils avec ordre et décence ? » « Assez bien », coche le curé, prudent. Mais le chant est passable. Le catéchisme a lieu trois fois par semaine l'hiver, une fois seulement le reste de l'année. « Que fait-on pour l'instruction des ignorants ? » « Rien de particulier », les ignorants continuent d'ignorer. Question : « L'extrême-onction est-elle administrée selon les statuts ? » Oui. « Les malades sont-ils assistés avec zèle dans leur agonie ? » « Quand on vient à temps. » « Le pain bénit est-il offert tous les dimanches ? » « Cet usage s'est perdu depuis quelques années. » Y a-t-il un chemin de croix ? Y a-t-il quelques exercices pour le mois de Marie ? Lesquels ? Et les confessions sont-elles respectées ? Le père Guieu alerte ses supérieurs sur le constat que « de 15 à 18 personnes » omettent leurs confessions annuelles. Il recense toutefois de 600 à 700 confessions dans l'année pour la centaine de bons chrétiens, cela signifie une jolie collection de péchés, ou tout du moins de péchés avouables. Il compte aussi 85 communions à Pâques – 35 pour les hommes, 50 pour les femmes. Questions : « Combien y a-t-il de mariages mixtes ? D'unions purement civiles ? De concubinages notoires ? » Aucun. « Quel est l'esprit de la paroisse ? » demande l'évêque. « L'égoïsme et l'attachement aux petites choses pour ce qui concerne les biens », répond l'abbé du haut de sa religion. « Quels sont le vice et la qualité dominants ? » interroge encore l'évêché. « L'esprit de censure, d'orgueil et d'hypocrisie », note, cinglant, le religieux.

« Les jours de dimanche sont-ils l'occasion de réunions dangereuses ? » « Non, ou du moins rarement », sans que l'on sache où se niche, alors, le danger. « Se tient-il des foires ? » « Y a-t-il des veillées où les jeunes gens se réunissent hors de la présence de leurs parents ? » Réponse rassurante : « Oui, mais ordinairement, les deux sexes ne se réunissent pas ensemble. » Y a-t-il des bals ? « Oui, mais c'est peu de chose. » Y a-t-il quelques abus ou scandales ? « De temps en temps contre les mœurs. » « Circule-t-il quelques livres dangereux pour la foi ou pour les mœurs ? » Non. Combien de maîtres d'école ? Un. Et de maîtresse d'école ? Une « depuis deux hivers ». « Leur conduite ? » « Assez régulière. »

Deux cent trois questions donc, toutes en français. Sauf une, rédigée en latin : « *Quomodo nuncupatur ancilla pastoris ? Quo anno e que dia nata ?* » « Qui habite avec le curé ? Quel est son âge ? » La réponse est également écrite en latin : Suzanne, 22 ans, vit avec le curé. « Esprit de censure et d'hypocrisie », comme disait le jeune abbé. Que fallait-il dissimuler en utilisant une langue que personne ne maîtrisait hormis les religieux ? Je confesse avoir longtemps imaginé le concubinage entre le curé et la jeune femme, plus jeune de sept années. Une ultime vérification a rétabli leur vérité : Jean-Joseph et Suzanne étaient frère et sœur, devant leurs parents et devant Dieu, unis par les liens sacrés de la survie familiale et donc du salaire de l'abbé.

Les paroissiens s'étaient habitués à mendier l'aide de l'extérieur chaque fois qu'il fallait envisager une dépense un peu moins ordinaire. Les curés tiennent leurs comptes scrupuleusement. Je retrouve les notes de l'un d'entre eux. « Pendant l'hiver de 1881-1882, les habitants de Chaudun étant pour la plupart réduits à la misère à cause du manque de blé et de pommes de terre, le curé s'est adressé à une dame charitable, Mme Ytier de Brémont, résidant à Montpellier. Il en a obtenu pour les indigents une aumône de cent francs qu'il a répartie aux plus nécessiteux. La sacristie étant excessivement humide, il fait creuser tout autour un grand aqueduc d'assainissement. » La dame de Montpellier ajoute « une magnifique chasuble blanche de près de 150 francs », un « petit saint Joseph de 15 à 20 francs ». Puis 50 francs pour l'église. Et « une nouvelle aumône de 50 francs pour les indigents ». La marquise de La Mazelière offre une statue du Sacré-Cœur, environ 150 francs. « L'association des églises pauvres, moyennant 15 francs, a offert une belle écharpe, environ 60 francs soit (60-15 =) 45 francs », écrit le religieux. Les paroissiens, eux, parviennent à donner 3 francs, 5 francs, parfois 10.

Le curé se débat pour trouver des ressources. Il lui faut prendre sa plume, trouver les mots, justifier de l'urgence, toquer aux bonnes portes, flatter, convaincre des bienfaits de l'aumône, affirmer que Dieu saura s'en souvenir, rassurer aussi sur le fait que l'argent ne sera pas gaspillé. Une longue liste de donateurs se conclut ainsi par un *nota* cinglant : « Les dons faits par Mmes Lagier et Lautier – et par l'abbé Reynier, a-t-il été ajouté entre les lignes – sont faits conditionnellement. Ayant été informés de l'ingratitude de la paroisse, ces dames ont autorisé expressément le curé à trouver à leurs armoires une autre destination. » Suit ce bilan : « Dons retirés 100 + 250 + 100 + 160 + 10 = 620. Reste à la paroisse : 1905 – 620 = 1 285 francs. » Ainsi soit-il. Nul ne saura de quelle ingratitude les habitants se sont rendus coupables. Défaut de confession ? Abstention de messe ? Chemin de croix écourté ? Mauvaises pensées, mauvaises paroles ?

Félicie Marin n'a pas échappé aux messes et aux confessions. Sur sa route trop rapide vers Dieu et le cimetière, elle a eu le temps de croiser quatre curés. Le premier, Pierre Roussel, est resté treize longues années à Chaudun, l'homme d'Église qui a tenu le plus longtemps dans l'histoire de la paroisse, j'espère que Dieu a su s'en souvenir. C'est lui qui a baptisé Félicie, en décembre 1860, moins de vingt-quatre heures après sa naissance. Une cérémonie simple, c'est tout le génie du catholicisme d'avoir inventé un rituel aussi puissant et symbolique, qui peut se jouer avec rien, ou presque, mais d'avoir aussi instauré l'urgence : tout enfant non baptisé était considéré en état de péché originel et donc susceptible, s'il devait mourir, de demeurer éternellement dans les limbes, sans vie propre, ni possibilité de rédemption. Il ne fallait donc pas attendre pour le baptême, le risque de mortalité était trop élevé. Les esprits piquants disaient qu'au pire le religieux touchait ainsi deux fois son casuel, versé par la famille : une fois pour le baptême, une fois pour l'enterrement. Dans tous les cas, les cloches étaient sonnées – plus longtemps pour les garçons que pour les filles, et c'est ainsi que l'inégalité entre les sexes s'exprimait symboliquement dès les premières heures de vie.

Le deuxième curé, Élie Théodore Lagier, est resté trois années, au moment où Félicie s'apprête à sortir de l'enfance. Un peu de catéchisme. Un peu de chant. Beaucoup de morale. C'est l'époque. Le père Lagier a fait reconstruire l'église, obtenant l'honneur de voir ses initiales gravées sur le portail et encadrée la date de la construction du bâtiment : « L 1869 E ». Je ne peux pas complètement exclure que l'abbé ambitieux ait lui-même réclamé que sa participation à l'œuvre de Dieu soit éternellement gravée dans la pierre. Quoique, cent cinquante ans plus tard, plus personne ne peut évidemment saisir cet hommage sous forme d'initiales. Construit en six mois, le bâtiment a coûté entre 12 000 et 15 000 francs, si j'en crois le registre de la paroisse. Un homme brillant, fin stratège, le père Lagier. Tenace aussi. Il a lui-même écrit le récit de son action dans le registre, pour rendre compte de son opiniâtreté et des difficultés à convaincre les fidèles : « Ce n'est qu'avec grande peine que je suis parvenu à leur faire signer en approbation les plans et devis. Réunis à la cure depuis sept heures du soir ce n'est qu'à deux heures après minuit qu'ils voulurent signer au moment où ennuyé de les pousser ils virent que je prenais les papiers pour les brûler. Enfin, tout fut terminé. »

Les hasards de mes recherches me font tomber sur une lettre du maire, c'est alors un membre de la famille Villard, envoyée à l'inspecteur d'académie pour se plaindre du curé Lagier. Je dois avouer que j'aime la franchise brutale de ces écrits.

> Je ne suis nullement d'avis que l'école communale de Chaudun soit confiée, de nouveau, à une institutrice. Je désire vivement, au contraire, qu'elle continue à être dirigée par un homme marié, pourvu qu'il soit autorisé à réunir les deux sexes [dans la même classe]. J'ai nécessairement besoin d'un secrétaire de mairie et une femme ne peut remplir cette fonction. Plusieurs habitants de ma commune ont demandé, malgré moi, que l'instituteur fût remplacé par une institutrice mais il est bon de vous faire remarquer, Monsieur l'Inspecteur, qu'ils n'ont agi ainsi que pour complaire à M. notre curé, qui a résolu, dit-on, d'amener auprès de lui sa sœur, Mme l'institutrice de Manteyer. Ils n'auraient jamais pensé à faire cette demande sans les incessantes sollicitations de cet homme. L'administration ne doit pas avoir lieu de s'étonner d'un retour subi sur un passé si détesté, car il suffit souvent du conseil d'une personne un peu influente pour faire réussir une entreprise.

Je ne sais pas ce qu'il en est du destin de sa sœur, ni même si l'accusation était véridique, ce qui est certain c'est que le père Lagier a su habilement réduire le coût de la construction de l'église pour la collectivité.

Deux candidats à la députation dans les Hautes-Alpes ont été sollicités et ont donné, respectivement, 3 000 et 4 000 francs, pour s'acheter une conscience et des voix – j'ai vérifié, c'est le candidat ayant offert la somme la plus importante, un journaliste parisien parachuté dans les Hautes-Alpes, qui a été élu en 1869. Le curé a ensuite multiplié les démarches pour obtenir des dons : le couvent de la Grande Chartreuse lui octroie 200 francs, une dame de Lyon, dame Barbarat, 400 francs, et une poignée de veuves – il ne faut jamais se désintéresser des veuves, l'Église le sait – ont versé plusieurs centaines de francs à leur tour. De ses déplacements, l'abbé rapporte des objets et il meuble ainsi patiemment le bâtiment. Deux candélabres à 75 francs pièce. Un tapis d'autel à 17 francs. Un confessionnal à 150 francs. Pour 415 francs, tout compris, il récupère, puis consacre, les stations du chemin de croix à l'intérieur de l'église, je vous assure que cela n'est pas si cher pour un chemin de croix.

Le troisième curé que Félicie a connu s'appelle Joseph Vincent. C'est un séminariste de 27 ans lorsqu'il devient prêtre. Vingt et un jours très exactement après sa cérémonie d'ordination, il arrive à Chaudun, son premier poste, pour succéder au père Lagier. Les femmes, parce que ce sont toujours les femmes qui nettoient les couches des hommes d'Église, avaient dû laver le presbytère avant son arrivée. Le mobilier est réduit. Il dépose ses valises, ses livres, ses vêtements, sa robe de fonction qu'il accroche au mur. Sa première nuit a dû être courte, emplie d'angoisses. Il sert Dieu dans une paroisse où les paysans sont rudes et rugueux, il le sait forcément, parce que, au moment où les apprentis religieux se dispersent dans la nature, au sortir du séminaire, tous savent s'ils ont eu de la chance, ou pas, dans leur affectation. Lui n'en a pas eu. Dans le cahier tenu par les abbés, un témoin, qui devait être un de ses successeurs, a raconté les premiers pas de Joseph Vincent : « À son arrivée dans la paroisse, M. Vincent ne fut pas longtemps sans remarquer un autre ordre de besoins. Comme le lui avait avoué son prédécesseur, il avait été obligé de laisser un peu plus de latitude pendant le temps de la construction de l'église, soit pour l'observance du dimanche, soit pour ne blesser personne ; ce qui est fort difficile en relevant les abus dans une si petite population. » L'état moral du moment demandait quelque remède, écrit le curé. C'est peu de le dire : l'accueil des paroissiens est glacial. Joseph Vincent trouve qu'il ne peut pas tout accomplir seul et, « ayant fait l'expérience du peu de bonne volonté qui existe de nos jours dans les enfants et leurs parents », il réclame l'aide d'un homme pour accomplir ses tâches. La discussion est difficile, les habitants s'y opposent parce que cela suppose de verser 30 francs supplémentaires. « Cette délibération ne fut signée qu'à regret par plusieurs comme il fut remarqué dans la suite par les murmures de presque tout le pays. »

Le père Vincent, qui a grandi à Ancelle, dans une autre rude vallée, ne se laisse pas déstabiliser. Il veut remettre de l'ordre, de la morale, des règles, et dans ce genre de situations le mieux est d'organiser une mission, des exhortations, des messes. Il veut du spectaculaire. Le dimanche 3 novembre 1872, tous les paroissiens sont présents, c'est en tout cas ce que raconte le religieux, pour une mission qu'il organise. Félicie Marin était là, elle aussi, en tenue du dimanche, peut-être une robe de couleur, rayonnante, belle, lumineuse, comme peut l'être une enfant de 12 ans qui croit en Dieu, c'est ainsi que j'ai envie de la voir et, de toute façon, à ce stade, personne ne pourra me le contester. Le curé Vincent fait illuminer l'église à trois reprises dans la journée. Plus de cent cierges disposés artistiquement autour du grand autel, du sol jusqu'à la voûte, allumés « en un clin d'œil », selon la formule du curé. En tenue du dimanche, les hommes, les femmes et les enfants tiennent des cierges à la main. « Les gens disaient ne rien avoir vu de si beau dans leur pays », racontera-t-il plus tard. Il a recopié, dans le registre des abbés, le texte de la prière prononcée le jour même. Avait-il ressenti une fierté personnelle, l'émotion du partage et de la fraternité ? Voulait-il accentuer ses chances d'être entendu par le ciel et son Créateur ? Ou bien, se disait-il, puisqu'il ne ferait pas de vieux os à Chaudun, qu'il fallait laisser les traces de son application au travail ?

[À cet instant du récit, vous pouvez vous isoler discrètement. Car, idéalement, pour en sentir la portée, cette prière se lit à haute voix, d'une parole ferme et claire, haute et assurée, en imaginant le silence des paroissiens et des paroissiennes qui vous regardent et vous écoutent.]

Puisse le ciel faire germer la précieuse semence qui vient d'être fêtée dans le champ du père de famille afin que les bonnes plantes suffoquent les mauvaises herbes ! Puisse même le bon grain tombé sur une terre pierreuse et sur la route germer et n'être pas emporté ou dévoré par les oiseaux du ciel aussitôt ! Que la bonne terre, au contraire, laisse couler quelques-unes de ses parcelles pour couvrir et faire prendre racine aux grains tombés dans ces lieux infortunés ! Que le Père céleste donne à Ses serviteurs la force et la connaissance pour arracher la zizanie du milieu de la moisson ! Qu'il Lui plaise surtout d'éloigner les orages des passions mauvaises qui sont si fréquents et si répandus et qui éclatent avec tant de furie sur des pauvres âmes si frêles, dont la vertu est exposée à tous les vents ! Mais que Dieu envoie autant d'esprits bienheureux pour nous défendre que le Démon vaincu peut amener autant d'esprits malins pour se venger de la Défaite ! Que Marie la reine des vierges laisse parvenir jusqu'à nous quelques-uns de ses parfums de pureté afin que tous invitent ses vertus ! Ainsi soit-il !!!

Le quatrième curé que Félicie a rencontré lui a fermé les yeux lorsqu'elle est morte.

Il faut se méfier des religieux en colère. De leur plume nourrie dans l'amour de Dieu et de la dureté du monde dans lequel ils assument leur mission. Je lis le registre de la paroisse. Un cahier où les curés, depuis un siècle, tiennent la chronique de leur mission sur terre. Un document resté pendant cent vingt-cinq ans dans la poussière des archives du diocèse. Quelques dizaines de pages serrées où les abbés successifs ont raconté la vie de leur église, des paroissiens, avec leurs mots et leurs doutes. De longs écrits, parfois effacés par le temps, où ils décrivent leurs aspirations et leurs déceptions. Je tourne les pages de ce cahier intime où les abbés se sont succédé pendant un demi-siècle. « L'an mil huit cent quatre-vingt a eu lieu une mission due à la piété de Jean Chabre de la paroisse de Chaudun. Que Dieu ait béni ce témoignage d'amour filial et ait donné le repos à l'âme de son père. Elle a été prêchée par monsieur Gauthier, prêtre aussi zélé que savant », écrit le curé. « C'est le 2 avril que commença cette mission dont la paroisse de Chaudun a gardé un si bon souvenir. Le jour de la clôture, 12 avril, eut lieu la première communion à laquelle prenaient part onze enfants », se réjouit encore l'abbé. Qui se doit cependant d'indiquer qu'il faut raison garder sur la profondeur et l'intensité de la foi : « C'est-à-dire que depuis mémoire d'homme on n'avait pas vu de première communion si nombreuse. » De son écriture fine, il poursuit : « Monseigneur notre évêque de Gap eut la bonté de venir augmenter par sa présence l'allégresse générale ; le soir aux vêpres, il donna la confirmation aux jeunes communiants. À son départ, monseigneur bénit la croix commémorative de la mission. Cette croix se trouve sur le chemin Saint-Jacques. Ça a été le premier beau jour du curé à Chaudun ; le deuxième, c'est celui de son départ. »

Dans sa chambre, sur le petit mobilier en bois, abîmé par le temps, l'humidité, les changements de température, le jeune abbé a trempé sa plume dans l'encre noire avant d'écrire cette formule assassine, réfléchie, cruelle. S'adresse-t-il à sa hiérarchie ? À ses successeurs ? Croit-il transmettre un message aux habitants ? Je pense à ces instants où il décide d'écrire sa vérité et la dureté de sa vie. Et l'intense satisfaction au moment où il a appris que ses supérieurs accédaient à sa demande et le nommaient ailleurs, son désir de quitter vite ces lieux, d'oublier le froid, l'ombre des massifs, les bruits de l'homme et ses silences. Les regards échangés avec les paysans après des années de vie commune, de messes hautes et de messes basses, de chants, de confessions. Ces secrets partagés. Ces secrets dissimulés. S'est-il retourné au moment de franchir le col de Chabanottes et de rejoindre Gap, un dernier regard vers le village, en contrebas, pour se rassurer et se dire qu'enfin il pouvait s'enfuir ?

Une poignée d'années plus tard, son successeur n'a pas eu la possibilité de se retourner pour un ultime coup d'œil sur la vallée. Pour monter au col de Moutet, au nord du village, il faut suivre le Petit Buëch, puis grimper dans la pente. Huit cents mètres de dénivelé. Deux heures de marche. Le chemin le plus court pour aller vers Saint-Bonnet-en-Champsaur. Le plus dangereux l'hiver, à travers les pentes à avalanches. Ce matin du 18 février 1890, la neige doit être dure, les flocons abîmés par le soleil dans la journée, durcis par le gel pendant la nuit. Une neige qui permet d'aller vite parce qu'on ne s'enfonce plus. Joseph Pellegrin connaît la montagne, il galope, même à la montée, et a dû vouloir couper tout droit. À la descente, il doit courir, glisser, sauter, avec de grandes enjambées – la neige a toujours quelque chose d'euphorisant, même pour les curés. C'est un rude gaillard, né à Saint-Julien-en-Champsaur, petit village de la plaine. Ses parents, cultivateurs, qui ont dépassé les 40 ans, ont eu la mauvaise surprise de voir naître des jumeaux – Joseph et Pierre. Leurs quatrième et cinquième enfants, nés bien tard, à un âge si dangereux pour la mère et les enfants. Pierre est décédé le lendemain de sa naissance, trop faible. Joseph a survécu, il deviendra curé et finira par atterrir à Chaudun, là où personne ne veut aller. Le 18 février, c'est son anniversaire, il fête ses 26 ans et rejoint son collègue de La Fare-en-Champsaur en passant par le col de Moutet.

La suite, c'est le journal *Le Temps*, l'ancêtre du *Monde*, qui le raconte. L'histoire tragique d'un jeune abbé de campagne mérite une brève, reprise dans la plupart des journaux nationaux.

> On nous télégraphie de Gap : un prêtre des Hautes-Alpes, M. Pellegrin, âgé de vingt-six ans, desservant la paroisse de Chaudun, canton de Gap, vient d'être victime d'un affreux accident. Avant-hier, il quittait son presbytère pour aller rendre visite à son collègue du village de La Fare, situé à cinq kilomètres de sa résidence. Pour abréger sa route, le jeune abbé voulut traverser le col du Moutet, dont l'altitude est de 2 063 mètres et qui est recouvert en ce moment de près d'un mètre de neige. Il avait franchi le col et se trouvait sur le versant opposé, à deux kilomètres de sa destination lorsqu'il fit une chute et glissa sur la neige durcie

avec une telle rapidité qu'il ne put se cramponner à rien, et l'infortuné prêtre alla rouler dans un précipice de plus de 500 mètres de profondeur. Le curé de La Fare, inquiet de ne pas voir arriver l'abbé Pellegrin, envoya un homme à sa recherche. Celui-ci découvrit bientôt des traces de sang sur la neige et un mouchoir. Il alla chercher du secours et, après plusieurs heures de travail, on parvint à retirer du gouffre le cadavre absolument méconnaissable du curé de Chaudun.

Ce 18 février 1890, le dernier curé de Chaudun vient de mourir.

VI

Le traître, la canaille, le malfaiteur

J'aimerais savoir comment les Islandais ou les Esquimaux ont désigné cette neige qui pique et grêle les visages, eux qui savent dénommer ses innombrables états et transformations. Celle-ci fait mal, elle fouette, elle pique, elle glace, elle réveille, elle oblige à plisser les yeux pour réduire les impacts. Les billes de neige qui volettent et trouvent leurs chemins pour attaquer la peau. Les joues rouges. La barbe qui blanchit et qui gèle. C'est le grésil. Des gouttelettes d'eau qui ont gelé dans les nuages et qui sont lourdement tombées ensuite, portées par le vent qui semble vouloir taper, taper encore. Souvent, par réflexe, le corps se penche pour réduire l'espace qui subit la mitraille, et les hommes avancent en regardant leurs pieds, haut du crâne en avant, pour protéger les yeux dans un réflexe animal.

L'hiver, les sols se couvrent de givre. Cette neige ne tombe pas du ciel, elle pousse comme de l'herbe lorsque les nuits sont froides, le ciel dégagé, l'air suffisamment humide. La vapeur d'eau se condense directement sous forme solide. Des pointes blanches tournées vers le ciel, comme le feraient des stalagmites. Des forêts minuscules de cristaux d'une extrême fragilité, dans les fonds de vallon, près des ruisseaux, des torrents. Miracle magnifique de la glaciation nocturne dans les vallons alpins. Souvent quelques millimètres, parfois plusieurs centimètres d'épaisseur. J'aime le bruit de cette neige qui crisse lorsque les chaussures l'écrasent – les habitants devaient détester parce que le givre était le signe du grand froid et de la neige qui demeureraient trop longtemps.

Le village se situe dans la partie la plus plate de la vallée, tout au bord de la rivière, protégé par les pierres d'une digue aujourd'hui recouverte d'herbes rebelles. Quelques milliers de mètres carrés exploitables, à peine, où le hasard du soulèvement des plaques tectoniques, puis de l'érosion, a laissé un répit aux pentes et donc aux hommes. Lesquels ont commencé à occuper les lieux au début du XVIe siècle, parce que le bois manquait et qu'il fallait conquérir de nouveaux territoires. Le chapitre de Gap, propriétaire de ces terres depuis toujours, a ainsi autorisé, en 1593, douze individus à vivre là et à exploiter les forêts naturelles en échange d'une redevance de 80 écus. Les massifs laissent peu de place au soleil l'hiver, parce qu'ils viennent masquer sa trajectoire trop basse. La neige y reste cinq mois par an, en moyenne. Les sales années, elle s'éternise jusqu'en mai.

Un préfet, appelé Ladoucette (Charles-François), est resté dans la mémoire des montagnards. Nommé dans les Hautes-Alpes en 1802, il a notamment ordonné la construction de la route qui monte au col du Montgenèvre, à la frontière italienne, un de ces itinéraires imaginés pour relier les forts, les postes de garde installés afin de prévenir une hypothétique invasion de l'armée italienne. Au talent de l'administration, le haut fonctionnaire, devenu baron d'Empire, avait fait fleurir et ajouter celui de poète. Ainsi que celui d'historien. Le préfet baron, à qui une statue de pierre rend hommage sur une place de Gap, a écrit quelques vérités sur l'histoire du département des Hautes-Alpes, couchées sur papier dans un livre sur les dialectes et les antiquités.

> De par sa position au milieu des montagnes élevées, Chaudun est privé pendant quarante jours de la vue du soleil. L'époque de son retour est un jour de fête pour les habitants ; ils le célèbrent en venant en procession sur la partie du territoire où il reparaît pour la première fois. Avant le christianisme, c'était au soleil lui-même que Chaudun adressait ses vœux.

Je reconnais avoir adoré cette hypothèse, j'avoue volontiers avoir imaginé les traces d'un culte au soleil, le paganisme improbable d'une cité perdue, les traditions cachées, le conflit avec l'Église. J'ai laissé naviguer mon imagination en profitant des rayons du soleil, au printemps, lorsque la douceur de l'air redevient une caresse sur la peau. Comment rendait-on hommage au soleil ? Quels gestes ? Quels mots pour remercier la lumière ? Quelle procession ? Tous les hommes ? Toutes les femmes ? Celles qui ont déjà eu leurs règles ? Les enfants ? Que leur professait-on alors sur le dieu soleil ? J'ai regardé les cartes. Il y a une multitude de points hauts et de replats minuscules, juste au-dessus du village. J'ai marché, fouillé, observé, calculé les trajectoires des rayons du soleil, derrière et devant les sommets, par-dessus les arbres. Le soleil réapparaissait-il en premier ici, ou là, après le froid et l'ombre de l'hiver ? Les habitants avaient-ils dégagé cet espace pour leur culte ? Ou pour irriguer de soleil leurs cultures en gagnant de précieuses semaines sur le climat du printemps ?

Je me réjouissais à l'idée d'un culte alternatif, d'une résurgence des temps anciens avant que les grandes religions ne commencent à ordonner le bas monde et les hautes vallées. La réponse se trouve sous la plume d'un des curés de Chaudun. Dans ses heures perdues, bien après la mort du préfet baron, l'abbé a reconstitué l'histoire lointaine du village, ses « antiquités », jusqu'à la Révolution française, ce moment où la paroisse, comme la France, s'était déchirée dans les « tourments révolutionnaires », selon sa formule.

M. Ladoucette, ancien préfet du département, qui semble signaler la divinité à laquelle offrait son encens la vallée de Chaudun avant le christianisme, dément par un mensonge ce qu'il semble attester avec quelque sécurité. Jamais l'astre bienfaiteur n'a refusé et ne refuse dans quelque époque de l'année sa lumière et ses rayons aux habitants de Chaudun ; premier motif de ce lointain culte qu'il paraît lui faire rendre à son retour désiré, et qui d'après lui remonte à ce culte qu'on lui rendait avant l'arrivée du soleil [le reste de la phrase est illisible].

L'enfant rêveur qui continue de vivre en moi est étrangement déçu. À Chaudun, c'est bien la religion ordonnée par la Bible qui a conduit les hommes sur le chemin des dieux.

Dans la lente descente aux enfers terrestres de la vallée, un autre curé, sans le savoir, a documenté l'ampleur du désastre écologique. L'abbé Aye a d'abord exercé à Rabou, un village voisin, plus facilement accessible, mieux orienté, donc un peu plus riche. Il a pris des photos, par dizaines, au gré de ses marches. Avec ma carte, mes mollets et ma mémoire aiguë des paysages, je tente de retrouver les lieux exacts de chacun de ses clichés, reconstituant ses itinéraires, ses points de vue, pour comparer et mesurer l'ampleur de la catastrophe. Cet homme aimait grimper, et il ne craignait pas de porter son matériel, seul ou avec un de ses camarades religieux, on les reconnaît sur certaines photos. Je ne sais pas d'où venait sa passion pour la photographie. Joseph-Casimir Aye est né en 1859 dans le Valgaudemar, une vallée voisine qui aurait pu devenir une mine à ciel ouvert en raison de ses richesses souterraines. Le destin en a voulu autrement et – il ne faut pas le dire – les réserves de cuivre, de plomb, d'argent, et même peut-être d'or, sont restées inexploitées, cachées sous les roches, préservant ce lieu des méfaits du capitalisme industriel, obligeant là aussi ses enfants à chercher de quoi survivre plus loin.

Joseph-Casimir a accompli des études religieuses à Lyon. À cette époque, cela signe un destin, élu parmi les élus, pour apprendre dans la capitale régionale. Là-bas, sans doute au contact de la ville et de ses étudiants, il a acquis le goût de la photographie. Un chanoine sympathique a rédigé sa nécrologie, un de ces textes écrits pour célébrer le bien, publiée alors qu'une « maladie impitoyable » a brutalement rappelé à Dieu le curé Aye.

> Il a été toute sa vie un gros travailleur et un marcheur infatigable. Étudiant aux facultés catholiques de Lyon durant deux années, il avait acquis des connaissances étendues et approfondies et surtout une habitude de travail qui le fit remarquer partout où il passait. Modeste autant que laborieux, il accepta la cure de Rabou en octobre 1886. Il passa onze années dans cette solitude, continuant ses études diverses, et surtout se dépensant en courses à Chaudun qui l'ont rendu légendaire, vu les difficultés des chemins, surtout à l'époque des grandes neiges et des grands froids. En 1897, il finit par abandonner son rocher de Rabou et il descendit le long du Buëch pour venir s'installer à La Roche-des-Arnauds. Là, il continue ses travaux intellectuels et artistiques, car il était devenu un habile photographe [...]. Mais il devait monter plus haut. En janvier 1899, il est nommé archiprêtre d'Orcières. Cette situation le plaçait au niveau de ses talents et de ses études. Il était bien placé pour exercer ses forts et puissants jarrets. Plus d'une fois, il a fait des ascensions qui l'ont fait ranger parmi les alpinistes les plus renommés.

Joseph-Casimir Aye a donc une passion officielle : Dieu ; et deux passions relatives : la photographie et la marche. Les miracles de la photo font de ses clichés un trésor en noir et blanc. Ses jarrets, comme l'écrit le chanoine délicat, lui permettent d'aller partout, d'un vallon à un autre, d'un col au sommet voisin, à travers les sentiers ou en suivant son instinct d'enfant – parce que, même s'ils ont appris à le dissimuler, les montagnards qui courent la montagne sont des enfants cachés dans des corps d'hommes. Sans doute, comme tous les marcheurs, trouvait-il sa paix intérieure grâce au rythme qu'offrent les pas, au balancement du corps, à cette chorégraphie modeste et lente. Lorsque le souffle lui manquait, son cerveau s'arrêtait enfin de tourner, privé d'oxygène. Respirer. Souffler. Se concentrer sur ses pieds. Allonger sa foulée. Je suppose qu'il aimait ces moments d'abandon où la montagne aspirait tous ses sens, où sa respiration trop forte ralentissait les pensées de son cerveau. De loin, les habitants devaient le regarder et le respecter pour sa connaissance intime, physique, de la vallée. Ils ne pouvaient pas le comprendre. La gratuité de l'effort n'avait pas de sens. Lui soufflait, il sentait ses muscles qui tiraient, il continuait parce qu'il s'achetait son calme intérieur, les neurones noyés par l'effort, dans cet équilibre subtil que recherchent les marcheurs sans que Dieu ne puisse y trouver à redire.

Je regarde ses clichés. Un curé se promène avec lui dans la neige, et il semble étrangement joyeux, peut-être touché par l'amusement que crée la neige chez les enfants, y compris les enfants de Dieu. Un autre est appuyé contre une des croix plantées dans les hauteurs de la vallée. Sur une autre photo, il semble jouer dans l'eau comme un gamin au milieu du Petit Buëch, ce torrent calme qui peut emporter les digues et les vies quand la nature le gonfle de gigantesques volumes d'eau. Le plus important est ce qui ne se voit plus. Les arbres ont disparu. Sur les photographies du curé Aye, la vallée est aussi dure, aride, sèche qu'un désert d'altitude. Le minéral a pris le dessus sur la végétation, paysage de désolation absolue. Chaudun n'était certes pas le seul territoire touché dans les Alpes françaises. Mais l'érosion y a pris des proportions spectaculaires, désastreuses, et si l'homme avait pu, il aurait alors comparé ces lieux à des paysages lunaires.

Une photographie, en particulier, est sidérante. Prise à proximité du col de Chabanottes, à 1 660 mètres d'altitude, au-dessus du village. Il n'y a plus rien, seulement des pierres, des rocs, de la poussière, de la terre. Trop d'hommes et de femmes, trop de bêtes à nourrir. En trois décennies, la plupart des forêts ont disparu, ravagées par les coupes sauvages pour chauffer les foyers l'hiver et utiliser les plus beaux arbres pour entretenir les maisons. Un cercle vicieux terrible, cercle déprimant du court terme et de l'exploitation.

Pour survivre, les bergers ont accepté de prendre plus de moutons pendant l'été. Des milliers de bêtes, qui ont piétiné les pelouses de montagne, creusé les chemins, érodé les pentes au-dessus des ruisseaux. À cause de la déforestation, l'eau déborde au printemps et transforme les ruisseaux en torrents et les torrents en forces de destruction qui font rouler les pierres, les arbres, la terre. L'hiver, ce sont les avalanches qui descendent et balayent ce qui reste des forêts et des chemins. La vallée est exsangue, les bois sont décimés, les pâturages inexploitables. La faute de l'être humain, sans appel, une faute qu'il paie très cher.

Dans mes recherches, je trouve un témoignage écrit. Émile Cardot a 40 ans lorsqu'il découvre Chaudun en 1890. C'est un inspecteur des Eaux et Forêts, comme son père avant lui. C'est surtout l'auteur d'un livre, sobrement appelé *Manuel de l'arbre*, qui a connu un destin exceptionnel, illustré en couverture par une photographie d'arbres entourant les sources de l'Ain, publié en 1907 à 50 000 exemplaires, réédité des dizaines de fois, la dernière en date cent six ans après sa sortie. Le manuel a été diffusé auprès des instituteurs de toute la France, éloge amoureux, scientifique, des forêts, de leur histoire, de leur utilité, éloge des arbres dans les bois, les villages, le long des routes ou des rivières. « Le maître répandra la semence féconde. L'enfant en développera le germe et l'avenir se chargera de récolter », avait écrit Émile Cardot dans sa préface, formulant l'espoir d'inspirer aux enfants « l'amour de l'arbre et des forêts ». La diffusion de son livre fera de Cardot, pendant des décennies, un des auteurs les plus influents sur l'imaginaire des écoliers de France.

Originaire du Doubs, Émile Cardot a exercé ses fonctions d'inspecteur dans les Alpes, épousant une Pauchon de Saint-Bonnet-en-Champsaur. Je lui laisse la parole qu'il avait déliée et ample.

> Je venais de faire une tournée dans cette vallée du Dévoluy (Hautes-Alpes) qui, elle aussi, finira par être un désert, et pour revenir dans la vallée du Drac, je suivais, accompagné d'un garde, une ligne de crête qui aboutit à la montagne dite de Moutet et domine le cirque de Chaudun. On la voyait dans son ensemble cette vallée profonde, en forme d'entonnoir, avec ses versants dénudés et tout labourés de ravines aboutissant concentriquement, tout près du village, au torrent qui presque tout de suite s'épanouit en un large lit de graviers. Les derniers rayons du soir, en accentuant les ombres rendaient plus frappant encore et plus impressionnant le spectacle de cette grande montagne en ruine et de tous ces ravins menaçants qui convergeaient tous vers le petit village comme pour l'ensevelir sous leurs déjections. Et, le pauvre village, à peine distinct à cette heure, semblait se cacher, si triste, dans l'ombre des versants, comme pour échapper à sa destinée. Cette vision fut pour moi si nette sous ces lueurs du soleil couchant qui empourpraient les berges des ravins, et l'impression si vive, que me tournant vers mon compagnon de route, je ne pus m'empêcher de lui dire : « Pauvre village ! Si dans vingt ans nous repassons par le même chemin, sûrement nous ne le verrons plus ! »

Cinq ans après la visite de Cardot, en cette journée d'août 1895, les habitants signent la vente à l'État.

Ce qui a fait la petite fortune de Chaudun a provoqué son malheur. Chaque été, depuis des décennies, les éleveurs du sud de la France, ceux de la plaine du Crau en particulier, expédient leurs moutons dans les alpages, jusqu'à 3 000 bêtes pour la vallée. Le déplacement, à pied, des animaux est encadré par des gamins payés à la pièce. Les paysans prennent la suite pour surveiller les bêtes, dans ce temps très long de l'engraissement au milieu des alpages. Les moutons se nourrissent d'herbe dans les pentes et produisent de la laine, à faible coût. Les paysans sont rémunérés comme bergers pendant trois mois, une fois le bétail arrivé en altitude. Ces moutons s'ajoutent aux animaux que possèdent les habitants, et dont ils tirent aussi la laine et la viande, vendues sur les marchés voisins.

La montagne, certes, est immense. 2 000 hectares, un cinquième de la commune de Paris, étagés entre 900 et 2 500 mètres, dans un cirque qui prend volontiers le soleil de l'après-midi. Mais les surfaces accessibles sont loin d'être aussi considérables, réduites par les rochers, les pentes dangereuses, les torrents, les terres de schistes. 3 000 moutons, ce sont 3 000 mâchoires qui arrachent, déchiquettent, mâchent toute la végétation comestible, une douzaine d'heures par jour en moyenne, entre le sol et 1 mètre, lorsqu'elles ont faim, et elles ont, par nature, toujours faim. Il faut imaginer, par voie de conséquence biologique, ce que représentent 3 000 trous du cul, oui, voilà, soyons explicites, avec une moyenne, reconnue par les meilleurs spécialistes de 7 à 26 déjections par jour, soit potentiellement jusqu'à 400 grammes quotidiens pour chaque bête. Ces volumes font vivre quantité de coléoptères et diptères coprophages, qui s'emploient à digérer consciencieusement, avec l'application de l'insecte qui se nourrit, ce que les moutons ont rejeté. Les masses sont toutefois bien trop importantes, et les diptères et coléoptères finissent également dévorés par d'autres insectes prédateurs dans le cycle infernal et concurrentiel de la survie animale. Les déjections s'accumulent donc, et se résorbent bien trop lentement. Des déjections qui apportent azote, potassium et phosphore, et enrichissent la terre, d'un été à l'autre. Jusqu'à un certain seuil, d'où la terre ne se relève pas et s'appauvrit inexorablement. Ce seuil avait été franchi depuis des années à Chaudun, et la terre a été comme brûlée. Plus grave, plus destructeur encore : 3 000 têtes, ce sont 12 000 pattes qui piétinent, dérapent, creusent, déracinent, font tomber les pierres. Un troupeau peut ravager une terre, la fragiliser avant l'hiver, la laisser sans couverture, comme lacérée par les sentes sur ses flancs. La faute des seuls moutons, ces animaux qui figurent certainement parmi les plus décervelés des mammifères ? Ce serait trop facile. Les autorités ont bien tenté de donner des limites aux hommes et au surpâturage. Je lis une délibération, parmi d'autres, qui s'alarme de ces « bêtes à laine étrangères » :

> M. le Maire expose au conseil municipal que des abus se sont introduits au sujet des pâturages sur les montagnes de Chaudun, que des personnes qui n'y ont aucun droit se permettent d'y faire pâturer des bêtes à laine étrangères à la commune et causent ainsi un préjudice non seulement aux montagnes mais aussi à ceux qui y ont droit.

Le conseil municipal érige, dans une jolie formule, « le droit égal à la jouissance » – il s'agit de la jouissance des pâturages et des contributions que doivent payer les chefs de famille pour disposer de la possibilité de faire venir des « bêtes à laine étrangères » – mais les contrôles sont impossibles et le nombre de têtes n'a pu, en réalité, être régulé. Les hommes ont aussi coupé du bois sans retenue, en usant de toute leur cervelle pour aller toujours plus loin, toujours plus haut, ratissant, coupant, élaguant arbre après arbre, créant l'irréversible.

Onésime Reclus fut le frère d'Élisée Reclus, grand géographe et grand anarchiste, deux qualités qui ne sont pas contradictoires malgré les apparences. La carrière d'Onésime, auteur de récits de voyages en France, « le plus beau royaume sous le ciel », fut un peu moins reconnue. Je ne sais s'il a usé de ses muscles pour décrire Chaudun, il faut en tout cas lui reconnaître le sens de la plume.

> Que fut Chaudun lors de ses origines ? se demande-t-on. Nous ne le savons, mais on doit croire que ses fondateurs ne le plaquèrent pas contre la roche vive, sans un arbre, sans un brin d'herbe, sans un bout de champ, sans un liséré de prairie et qu'ils ne choisirent pas pour lieu de leur séjour une casse inhabitable. En tout cas, ce que nous n'ignorons pas, c'est ce qu'il était devenu en l'an de grâce 1891 : une pierraille, une rocaille, une Sibérie d'hiver, un Sahara d'été.

Il y avait une morale à cette description et Onésime Reclus, barbu génial, penseur de l'écologie avant beaucoup d'autres, précurseur de la défense du patrimoine naturel contre les fureurs de l'humanité, et inventeur du mot francophonie, la formule durement :

> Nulle part, on n'aurait trouvé de ruines de la nature plus éloquentes pour témoigner de la malfaisance de l'homme : toute cette mort avait été de la vie, et le seul héritier de toute cette vie, le Petit Buëch, déchu de la sagesse et de la générosité d'autrefois, n'était plus la rivière qui égaye mais le torrent qui consterne par sa fureur, le traître, la canaille, le malfaiteur et le bourreau.

VII

Si les femmes connaissaient les vertus de la sabine...

Dans leur vocabulaire imagé, les scientifiques appellent la limite supérieure des forêts, là où les bois s'effilochent, renoncent à conquérir l'espace, trop hostile, trop rigoureux l'hiver, une « zone de combat ». Zone de combat, comme on dirait d'une zone de guerre. J'aime plus que tout ces espaces qui racontent la nature et la montagne. Plus haut, ne survivront que quelques arbres, des pins généralement. Il faut s'arrêter et les observer. Racines nouées. Troncs tordus. Branches rachitiques. Arbres rabougris mais arbres qui s'accrochent, pendant des années, croissant lentement, dépassant rarement la taille d'un arbrisseau, faute de ressources, parce que la neige reste présente plus de la moitié de l'année, parce qu'il fait froid, parce qu'il y a du vent. À cause des avalanches, aussi, qui les font plier quand elles sont petites, qui les arrachent et les emportent quand elles raclent le sol, qui les étouffent quand elles s'arrêtent au niveau de la forêt et les recouvrent trop longtemps. Les pelouses tiennent toute l'année, vertes l'été, jaunes l'automne, blanchies par l'absence de lumière durant l'hiver. Le sol gèle en profondeur, la vie se met en suspens le temps que revienne la lumière. L'été, quand le soleil assomme, l'arbre rachitique donne un bout d'ombre, il faut se serrer contre le tronc pour obtenir un peu de fraîcheur.

Dans les vallons et sur les crêtes de Chaudun, les paysans ne se séparaient guère de leurs fusils. La chasse était une opportunité, été comme hiver, qu'il fallait pouvoir saisir à tout instant. Vite, un lapin ou un lièvre. Ou des « alpins », ces oiseaux qui descendaient en masse avec la mauvaise saison, et qu'on pouvait espérer revendre 3 francs la douzaine pour les grises, 6 francs la douzaine pour les espèces blanches. En 1856, les Hautes-Alpes avaient distribué 226 permis de chasse ; cette même année, 1 800 kilos de poudre avaient été vendus dans le département, soit le chiffre officiel, mais évidemment faux, de 8 kilos par chasseur. La vérité réside dans la poudre consommée, pas dans les permis achetés. On chasse et on braconne donc allégrement et avec allégresse dans tous les vallons. C'est toujours cela que les taxes ne taxeront pas. Et comme l'animal sauvage, courant ou volant, représente une nuisance absolue, on ne se prive pas. Le 14 janvier 1895, un ours de 155 kilos répartis sur 2,2 m de hauteur est abattu à Prapic, à une quinzaine de kilomètres de Chaudun, probablement le dernier du département. Un journaliste du *Réveil des Alpes* raconte, lyrique : « Le plantigrade avait effrayé une douce bergère faisant paître son troupeau. La mort seule pouvait expier ce forfait. Le père de la fillette et deux ou trois voisins s'étant mis à l'affût, logèrent dans le corps de l'animal quelques balles. »

L'époque est au Lefaucheux. Un fusil, mis en vente en 1832, inventé par un armurier français du nom de Casimir Lefaucheux, avec une cartouche à broche, à deux coups, qu'il fallait charger par la culasse en basculant les canons. Le jeune armurier avait rêvé d'équiper l'armée française, ses bidasses mal habillés, mal pourvus, dont le nombre avait déjà fait la fortune d'industriels habiles et bien informés, dans ce capitalisme de connivence qui avait décuplé la richesse de grandes familles. La commission de l'armement avait rejeté le fusil, à cause de ses crachements qui provoquaient des brûlures au visage et aux mains. En cas de rechargement rapide, c'était encore pire, sans nettoyage minutieux de la chambre, la nouvelle cartouche s'enflammait sur les restes encore en combustion et elle explosait, arrachant, selon la malchance, les yeux, les joues, le nez, mutilant, estropiant par douzaines des pauvres bougres. Camille Lefaucheux, dépité, s'était tourné vers les chasseurs, moins exigeants, et il avait conquis les campagnes françaises, faisant siffler les balles les jours de chasse, provoquant des dégâts collatéraux parmi ceux qui avaient la malchance de tomber du mauvais côté du hasard balistique, femmes, enfants, hommes, passés entre le chasseur et le gibier. Les paysans alpins s'en étaient progressivement emparés, le Lefaucheux accroché à un clou dans la pièce principale, transmis de père en fils pour ne rien gâcher de l'investissement initial. On chassait des chamois, rares, qu'il fallait pister dans les vallons, sous le vent, pour éviter de se faire repérer par la bête au museau bien plus fin que le nez de l'homme, au pas plus assuré, aux poumons d'acier. La chasse efficace est l'ennemi de la morale et du fair-play, le plus simple était donc d'organiser des battues, on tirait sur tout ce qui bougeait, courait, bondissait, volait, petits, gros, gibier plein, gibier lent, gibier rapide, il fallait des protéines et de l'honneur pour les chasseurs, et Lefaucheux y pourvoyait.

Je parcours les mêmes chemins que les habitants de Chaudun avec, dans les mains, une carte de l'Institut géographique national, héritier du Service géographique de l'armée. Je ne peux plus me perdre dans cette vallée à force de l'avoir traversée, visualisée, imaginée, rêvée même parfois. Je veux me bercer des appellations que les paysans ont données aux lieux pendant des siècles, dénommant chaque torrent, chaque vallon, bois, pré, éperon, pic, falaise, grotte. Face au grésil qui vole dans le froid de l'hiver, je me penche, comme les hommes avant moi. Lorsque ce sont les vents chauds d'été, je m'inquiète de l'orage qui vient. Dans la journée, au moment où les rayons du soleil viennent cogner le sol sur les versants exposés, ceux-ci se réchauffent plus vite, et l'air s'élève toujours plus fortement en fin d'après-midi – dans ce mouvement d'air ascendant, les oiseaux peuvent planer longuement et remonter en quelques secondes au plus haut sans le moindre effort. Parfois, cela finit en orage et les montagnards ont peur, car l'orage en altitude, plus qu'ailleurs, remplit d'effroi ceux qui subissent ses coups de boutoir et ressentent dans leur chair les explosions du tonnerre. Dans le bruit, il semble frapper dans toutes les directions, avec l'électricité qu'il charrie, il éclaire, incendie, brutalise, et l'homme peut en perdre ses repères et sa confiance.

La topographie est une poésie. Parfois répétitive. Parfois limpide. Parfois mystérieuse. Le roc de l'aigle veille juste au-dessus du village, à 1 600 mètres d'altitude. Le sommet de l'aigle, un peu plus haut, à 2 000 mètres, au nord, sur la grande crête qui surplombe le bocage du Champsaur. Le roc du vautour se situe de l'autre côté de la rivière, dans l'ubac de la montagne. Le sommet du chamois, là où la neige reste longtemps. L'échine de l'âne, dans la pente, entre des éboulis et les pelouses rases. Le roc des noces. La baume des femmes – la baume désigne une cavité ou une grotte. Le serre du pré de l'ourse. Le pic de l'aiguille. Je plonge un peu plus en profondeur pour redonner vie à des noms que la mémoire humaine et topographique a oubliés, effacés par le temps, trop précis, trop détaillés, devenus inutiles. Dans une carte dessinée à la main, un cadastre établi en 1892 à une échelle de 1 pour 5000, où chaque centimètre vaut 5 mètres, je retrouve les numéros des milliers de parcelles de la commune. L'auteur a donné une couleur rose pour les biens communaux, et cela ressemble à un tableau, délicat et doux, patchwork de la vie et du quotidien, où je suis les frontières des champs, des prés, des futaies, des labours, minuscules et ordonnés, mélangés, partagés, numérotés, découpés en fonction des plis et des bosses de la nature, des fractures, des trous, des torrents, des falaises. Là, un champ des Pauchon que la famille possède depuis des lustres. Ici, celui des Marin. Un carré de bois des Taix. Un autre, plus grand, des Chaix. Les prés d'une des familles Chabre. Des parcelles délimitées au mètre, sinon au décamètre, ou presque.

Je cherche les terres où Félicie Marin a travaillé. Les labours, les prairies de ses parents. Là où elle est venue garder des chèvres, là où, avec les outils de la famille, elle a transpiré, où elle s'est abîmé les mains, où elle s'est endormie, dans l'après-midi, épuisée par l'effort. Les filles devaient se retrouver pour que le temps passe plus vite, pour que la garde des bêtes soit moins pénible. De quoi étaient faites leurs conversations ? Parlait-elle des garçons ? Sur la fin de sa vie, à 17 ans, elle a largement l'âge d'aimer et d'avoir des relations sexuelles. Lorsque je regarde l'état civil, je vois les naissances hors mariage, je vois l'âge des filles lorsqu'elles accouchent pour la première fois, et Félicie aurait pu être mère. Les chambres étaient partagées entre enfants, parents et vieux. À 17 ans, sauf à être mariés, il fallait faire l'amour à l'extérieur, l'été dans un des champs, ou bien rapidement, dans une maison, dans l'étable, lorsque les anciens travaillaient à l'extérieur.

Il fallait ensuite se débrouiller avec les conséquences. Je trouve une recette pratique. « Affections vénériennes (syphilis, herpès) : faire bouillir à feu doux, pendant environ 15 minutes, de 2 à 3 grammes de feuilles de noyer séchées dans 100 millilitres d'eau. Filtrer la décoction et l'utiliser pour faire des compresses ou des bains. Répéter 2 fois par jour au besoin. » Dans mes lectures, je croise le souvenir d'un dicton, transmis de génération en génération : « Si les femmes connaissaient les vertus de la sabine, elles seraient toutes des coquines. » La sabine est une plante assez banale dont le nom officiel est *Juniperus sabina*. Le grand Grec Pedanius Dioscoride, vers l'an 0 du calendrier romain, l'avait identifiée, parmi les premiers médecins et botanistes, comme une plante médicinale capable de provoquer des avortements. Elle avait l'immense avantage de pousser en montagne et d'être simple à utiliser pour faire « revenir les règles », et ne pas avoir à accoucher d'un enfant que la morale réprouve ou qu'il sera trop difficile de nourrir. Alors, puisque les gars et les filles avaient l'envie et le besoin de faire l'amour, on se partageait la recette de femme en femme, loin des oreilles des hommes et des hommes d'Église en particulier.

La sabine n'était pas toujours efficace. Les journaux sont remplis de brèves sur ces femmes qui avortent et sont poursuivies pour « délit de suppression d'enfant ». Elles meurent aussi, très souvent, victimes de la pensée dominante. Une brève, parmi des dizaines d'autres, qui dit si bien la place des femmes, seules coupables de ce que les mâles ont fait couler entre leurs cuisses :

> Jeudi dernier, la veuve X. a été trouvée morte dans sa chambre. Quand on voulut procéder à sa toilette mortuaire, on s'aperçut qu'elle venait de s'accoucher et l'on découvrit le nouveau-né caché au fond du lit et ne donnant aucun signe de vie. Il résulterait de l'information judiciaire faite par M. le Juge de Paix d'Aspres et de l'autopsie que l'enfant était né viable et à terme. La mère a dû l'étouffer, espérant

peut-être le faire disparaître et cacher ainsi sa faute que personne n'avait soupçonnée jusqu'alors, ni dans sa famille ni dans le village ; mais elle a succombé elle-même quelques heures après à une hémorragie utérine.

La société est ouvertement inégale. Dans le registre du conseil municipal, je trouve cette délibération qui résume la hiérarchie sociale, sexuelle et familiale de l'époque :

> M. le Maire de Chaudun expose à son conseil que les chemins communaux ou d'exploitation ne sont pas praticables. Les membres présents reconnaissent que lesdits chemins ont besoin d'être réparés, ils prennent les décisions suivantes :
> ARTICLE PREMIER
> Tous les chemins seront rétablis dans leur état primitif et chaque propriétaire y coopérera pour égale part.
> ARTICLE DEUX
> Les journées sont évaluées comme suit
> 1 : journée d'homme trois francs
> 2 : journée de femme un franc cinquante centimes
> 3 : journée d'enfant un franc cinquante centimes.

On ne peut comprendre la montagne sans penser à la sueur de ceux qui l'ont occupée, exploitée, vécue. Les Alpes sont des cimetières de hameaux abandonnés par l'homme. Nul autre territoire, en France, n'est composé d'autant de vestiges délaissés, sentiers et canaux, caves et étables, digues et ponts, qu'il faut apprendre à lire, telle une grammaire vivante de la montagne. Ces murets qui faisaient gagner quelques mètres et retenaient la terre poussée par la gravité et l'érosion. Ces bois coupés pour laisser un peu de place et de lumière aux rares espaces sans pente. Les traces qui me fascinent le plus sont les clapiers, entassements de pierres, au milieu ou en bordure des champs. Enfant, je les trouvais intrigants lorsque mes pas me conduisaient à la recherche de l'aventure au fond de la vallée de Champoléon. Pourquoi, se demandait l'enfant, l'homme avait-il donc accompli cette tâche sans fin de ramasser les pierres et de les entasser inlassablement ? Je ne comprenais pas la finalité, parce qu'elle me paraissait inconcevable. Ces clapiers, que l'homme ne voit plus, trop habitué aux miracles des paysages, sont le résultat de milliers d'heures de travail, le dos courbé, pour enlever, une par une, les pierres des champs et donner leurs chances aux pommes de terre, aux céréales, aux prés, aux pâturages. Dans cette vie d'effort, on ne comptait pas les allers-retours entre le village et les prés, les charges qu'il fallait transporter lorsque les ânes étaient occupés ailleurs, les détours rendus obligatoires par les avalanches et les coulées de terre.

L'humanité peut-elle rester belle lorsque les hommes se sentent enfermés ? Les habitants ont fini par se détester de mille et une façons et, comme un entomologiste des rapports humains et de leurs réalités, je dissèque les histoires et les conflits qui disent ce qui avait, alors, de l'importance – et expliquent sans doute aussi pourquoi, à la fin, les habitants ont choisi l'exil. Je trouve une lettre, écrite le 18 décembre 1889, rédigée avec une écriture hésitante, pleine de hauts et de bas, irrégulière dans la forme, rugueuse, emplie de colère, de rage même. À l'époque, déjà, en France, on écrivait au maire, au préfet, au ministre, à l'évêque, pour dénoncer son voisin ou sa voisine. Les archives sont pleines de ces manuscrits, couverts d'amertumes, de jalousies, de ressentiments, racontant la violence de l'entre-soi. Celui-ci s'adresse à « Monsieur le Préfet ». Le groupe d'hommes s'est réuni, s'est agacé, s'est insurgé, les mots sont sortis avec brusquerie. L'un d'entre eux, qui savait mieux écrire, a été chargé de rédiger le courrier. Il y a donné toute l'intensité d'une lettre envoyée à l'autorité de l'État.

> Les soussignés, membres du conseil municipal de Chaudun, ont l'honneur de vous informer que le conseil municipal avait missionné une commission de charité pour la répartition des secours de la commune. Le huit du présent mois, le maire l'a fait réunir pour la répartition d'une somme de 500 francs accordée par l'État. La commission a fait la répartition avec la plus grande humanité à chacun selon son besoin. M. le Maire s'y est opposé vu que la répartition n'était pas à sa faveur car lui prétendait avoir la plus forte part avec ses parents et amis. Ce qui prouve que le maire veut tout pour ses parents et amis ; vers la fin d'octobre, il avait fait écrire une délibération à l'instituteur à l'effet de faire avoir 110 francs du secours de la commune à son neveu Villar Pierre qui n'est pas indigent pour la perte d'un mulet estimé 120 francs, ce mulet âgé de 15 ans et d'une petite taille, et puis ce mulet n'est pas

péri, le sieur Villar Pierre déclare que son mulet il y a bon espoir qu'il guérira.

Pierre Villar était facteur avec casquette de fonction et uniforme sombre. Pas de vélo : la déclivité des pentes, le mauvais état des chemins l'auraient rendu inutile sur les sentiers de Chaudun. Mais destinataire d'une prime spéciale. Car les facteurs payent leur tribut à la nature. Tous les ans, la République en perd un ou deux dans le département, emportés par une avalanche ou une crue. Bonne mère, elle a octroyé une prime de neige pour compenser la difficulté de la tâche dans les vallées les plus reculées. L'information figure dans le journal des Hautes-Alpes : « L'administration des postes et télégraphes accorde aux facteurs de montagne une allocation annuelle de trente francs dite “indemnité de neige”. Nous apprenons qu'ils recevront à l'avenir, et dès cet hiver, un supplément de dix à quinze francs selon les régions. Cette augmentation de traitement est, d'ailleurs, bien méritée, car le service d'hiver, pour les facteurs de montagne, est très pénible, et souvent périlleux. » L'honnêteté oblige à dire, après enquête, que le destin du mulet de Pierre Villar m'est resté inconnu.

Les conflits vont parfois jusqu'au tribunal. Je retrouve des pages et des pages de lettres sur une affaire qui a déchiré les villageois. D'un côté, le sieur Jacques Laurens, de la famille Laurens. De l'autre, douze habitants, des Chabre, des Pauchon, des Taix, bref, la moitié du village. Entre eux, objet du conflit, des terres agricoles, des bois, des forêts. La délibération du conseil municipal est un modèle du genre, remplie de ressentiment.

> M. le Maire expose : que dans le courant de l'année une difficulté s'est élevée entre la commune et le sieur Joseph Laurens au sujet de la propriété de diverses parcelles de pâture, de bois et broussailles ; que dans la pensée aussi bien que dans la presque totalité des représentants de la commune que dans la grande majorité de ses habitants, les parcelles litigieuses étaient et avaient toujours été considérées comme faisant partie des biens communaux ; que dans cette pensée de nombreux habitants de la commune les sieurs Chabre et Villard et autres crurent avoir le droit de couper du bois sur les parcelles dont il s'agit.

Le sieur Laurens Joseph a traduit les sieurs Chabre, Villard et autres devant le tribunal. Verdict : 1 000 francs d'amende envers le Trésor, 1 000 francs de dommages et intérêts en faveur de Laurens. Ce sont des sommes considérables, le conseil municipal s'en étrangle :

> M. le Maire ajoute qu'il est certain que les habitants de la commune à l'encontre desquels a été dirigée l'action de sieur Laurens se croyaient sur les terrains communaux et qu'ils avaient l'autorisation des représentants légaux de la commune ; que la commune revendiquant au cours du procès la propriété des terrains en question a en réalité pris cause et fait pour eux ; qu'en fait le litige intéressait la commune tout entière et que si condamnation correctionnelle a été prononcée contre les sieurs Chabre, Villard et

autres, c'est parce qu'en la forme eux seuls pouvaient être mis en cause. Dans ces conditions, il demande au conseil s'il ne lui apparaît pas comme équitable et conforme aux droits de chacun de faire supporter par la commune tout entière les amendes et dommages et intérêts auxquels ont été condamnés nominativement quelques-uns seulement des habitants.

Sont-ils allés cracher sur la tombe du sieur Laurens le jour de sa mort ? On savait se disputer avec beaucoup d'entrain et de conviction, on savait aussi se réconcilier. Dans les archives du conseil municipal, une autre décision collective dont j'apprécie chacun des mots :

« M. le Président donne connaissance aux membres présents de la lettre de M. le Préfet à l'occasion du centenaire de la proclamation de la République. Lesdits membres désirant célébrer dignement un si glorieux anniversaire proposent à l'unanimité des votes la somme de treize francs destinés à l'achat de pain et de vin pour les pauvres et en réjouissances publiques. Ainsi fait et délibéré. »

Pour l'occasion, les grandes tables qui ont servi le jour où le photographe est monté à Chaudun, le 6 août 1895, avaient aussi dû être sorties et installées à l'extérieur pour profiter de la nuit d'été. Treize francs, c'était une belle somme, et la promesse d'une soirée de cris, de rires, de chants – et d'oubli.

VIII

Vous vous efforcerez de faire oublier votre passé

Mes silences préférés sont ceux de la neige quand elle vole. Lorsqu'on observe des flocons au microscope, ils apparaissent telles des fractales des montagnes, mathématique glacée, sérieuse et pondérée, équilibrée, cristalline, légère, miraculeuse. Les fractales qui voltigent, dans un ballet extraordinaire, portées par l'air qui tourbillonne, livrent un combat involontaire contre les ondes sonores, et elles l'emportent, absorbant les sons, dispersant les bruits à coups de millions de flocons perturbateurs. La neige, ce silence qui tombe, qui atténue, qui adoucit. La neige froide et fraîche reste accrochée sur des pentes verticales. Les six branches des étoiles ressemblent à des harpons, et en s'accrochant les unes aux autres, elles blanchissent les falaises, débordent même au-dessus du vide, construisant des corniches, des voûtes, des ponts. Mais la perfection de ces étoiles est un état temporaire. Le silence masque aussi une violence absolue. Dans l'air, les flocons volent dans un tohu-bohu invraisemblable, entrent en collision, et c'est un massacre de fractales : les branches des étoiles s'arrachent, s'écrasent, se tordent, s'entremêlent.

Le silence.

Le jour de l'enterrement de Félicie Marin, au-dessus de l'église, l'instituteur du village devait être là, face à la tombe ouverte, aux côtés des habitants, du maire, du jeune curé, du père et de la mère, écoutant les mots et les silences, puis le bruit des pelles qui creusent dans le tas de terre meuble à côté du trou, le son sourd, insupportable, de la terre qui heurte le bois, le recouvre, le son qui s'atténue avec la couche qui s'accumule sur le cercueil et ces dernières pelletées pour bien finir le travail, égaliser le sol, effacer au maximum la bosse qui dit la présence d'une enfant, quelques pieds sous le sol. L'instituteur s'appelle Fidèle Barthélemy, il a 41 ans et enseigne depuis une vingtaine d'années.

Cinq ans plus tôt, il a probablement vu passer, ou côtoyé, mes propres ancêtres dans le village de Champoléon, à 15 kilomètres à l'ouest. Je le sais parce que j'ai retrouvé son nom dans un contrat de mariage en 1872, où Fidèle, le bien nommé, a témoigné pour un ami de son engagement devant sa future épouse. Il est instituteur public et enseigne dans les villages, les uns après les autres, au gré des mutations, des décès et des démissions. Je le suis à distance parce qu'il sème des naissances, avec sa femme, village après village, comme une carte *in vivo* de ses mutations administratives, de leurs rapports sexuels et de leur fécondité. Un de ses enfants, Arthur, est né à Champoléon en 1870. Un deuxième, Alphonse, en 1873. À Champoléon, c'est le moment où, frappés par la misère, les plus pauvres commencent à miser leurs économies sur le prix d'un billet de train pour Le Havre puis celui d'un bateau jusqu'à New York, une ou deux journées de train, six ou sept jours de mer avant d'arriver à Ellis Island, comme des millions d'Européens, avec une poignée de pièces d'or, une valise, parfois un livre ou une bible. Mes arrière-grands-parents l'ont fait un peu plus tard, en 1903, abandonnant Champoléon pour San Francisco avec l'espoir de sortir de la misère et, sans le dire, de cet entre-soi. Avec leurs économies, leurs premiers dollars, ils ont ouvert une épicerie, sur Mason Street, exposant des boîtes de conserve sur la devanture, dans cette fascination des produits de l'industrie alimentaire. Je me rappelle ma grand-mère raconter qu'ils possédaient alors une machine à couper le jambon, fierté familiale improbable qui avait traversé le siècle pour témoigner de la réussite, très provisoire mais si importante, d'un couple de migrants. Le plus probable était que leur affaire tournait grâce au tabac et aux cigares, aux liqueurs, au vin, qu'ils vendaient en masse. Un curé assistant de San Francisco les a mariés le 28 octobre 1905 – lui, Pierre, avait 25 ans, Eugénie en avait 22 – dans l'église Our Lady of Victoria, une réplique de la basilique de Fourvière construite par des immigrants français. Le hasard de la vie les a conduits à revenir en France pour des vacances à la fin du printemps 1914, juste avant qu'un archiduc se fasse trouer la peau du cou à Sarajevo et que se déclenche la première des guerres mondiales. Ils ne sont jamais repartis vers l'Amérique.

Fidèle Barthélemy est le dernier des huit enfants d'un cultivateur de la vallée voisine, remarié après le décès de sa première épouse. Fidèle était probablement un type d'assez grande taille pour l'époque – j'en veux pour preuve que deux de ses garçons approcheront les 1,70 m lorsqu'ils seront mesurés sous la toise de l'armée. Devant la tombe que les hommes comblent avec leurs pelles, je ne sais si l'épouse de Fidèle, elle s'appelle Rosalie, elle a sept ans de moins que lui, est présente. Neuf jours avant le décès de Félicie, elle a accouché d'un garçon. Elle ne travaille pas, Fidèle fait vivre toute la famille avec un peu moins de 1 000 francs par an. Cela lui permet d'éviter la pauvreté des paysans, et c'est tout. L'école accueille un petit nombre d'enfants, probablement une vingtaine, de 5 à 13 ans.

Par pur plaisir, je retrouve des exercices. Le brevet élémentaire, par exemple, réservé aux meilleurs des meilleurs. J'écoute la voix de celui qui dicte les consignes, les visages des enfants, le silence si particulier des épreuves scolaires, le regard des élèves qui réfléchissent et ceux qui savent qu'ils ne savent pas, le temps douloureux des exercices trop difficiles, l'esprit qui s'évade, le regard du maître, le temps qui finit de s'écouler, et les cahiers quadrillés de lignes bleues ramassés dans le bruit des chaises qui raclent le sol.

ARITHMÉTIQUE. 1re question : Prouver que le mètre cube contient 1 000 décimètres cubes. 2e question : Un industriel a trois billets à payer : le 1er de 2 400 francs à 36 jours ; le 2e de 5 300 francs à 45 jours et le 3e de 8 400 francs à 90 jours. Il désirerait payer ce qu'il doit en une fois à 40 jours. Quel sera le montant du nouveau billet, le taux de l'escompte étant de 40/0 ?

COMPOSITION FRANÇAISE. Vous avez reçu quelque instruction : n'avez-vous pas ainsi contracté une dette ? De quelle importance ? De quelle nature ? Envers qui ? Et comment vous acquitterez-vous de cette dette ?

DESSIN. Un chevalet à scier le bois (plan, coupe, élévation).

Et puis, la dictée, cet apprentissage de la norme et de la République. Comme on lui a appris à l'école normale, Fidèle Barthélemy découpe les phrases mot par mot dans cette prononciation unique de la dictée, avec ces liaisons qui transforment les récits et ont inventé la langue si particulière de l'école :

> « Je gravissais lentement à pied des sentiers assez rudes, [virgule] conduit par un homme que j'avais pris pour être mon guide, [virgule] et dans lequel, [virgule] durant toute la route, [virgule] j'ai trouvé plutôt un ami qu'un mercenaire. [point] Je voulais rêver, [virgule] et j'en étais toujours détourné par quelque spectacle inattendu. [point] Tantôt d'immenses rochers pendaient en ruine au-dessus de ma tête. [point] Tantôt de hautes et bruyantes cascades m'inondaient de leur épais brouillard. [point] Tantôt un torrent éternel ouvrait à mes côtés un abîme dont les yeux n'osaient sonder la profondeur. [point] Quelquefois je me perdais dans l'obscurité d'un bois touffu. [point] Quelquefois, [virgule] en sortant d'un gouffre, [virgule]

une agréable prairie réjouissait tout à coup mes regards. [point] [...] »

Au milieu de la petite foule qui entoure le cercueil de Félicie, dans le cimetière, les enfants du village sont-ils venus ? L'enterrement faisait-il partie des routines et des rituels auxquels on se confrontait très tôt, parce que c'était ainsi, et qu'il n'y avait pas vraiment de moyen d'y échapper ? Si tel était le cas, alors le petit Pierre Chabre était là. Il est né six ans plus tôt, à l'automne 1871, et cette journée s'est forcément gravée dans sa mémoire, dans les couches neuronales de l'émotion, laissant la trace d'une odeur, d'un bruit, d'un son, d'une lumière, d'un mot, d'une expression. Est-il resté à l'extérieur de l'église puis du cimetière, dans cette attitude de présence-absence qui fait aussi l'enfance, où l'esprit divague entre le monde étrange des adultes et celui des jeux de l'enfance ? S'est-il amusé avec un bout de bois ? Avec une pierre ? Est-il demeuré avec les autres garçons de son âge ? Avec sa mère ? Avec son père, peut-être, dont il ne reste que six ans, six mois et vingt-huit jours à vivre, je le sais parce que c'est écrit dans l'état civil, mais il ne peut évidemment pas le concevoir, ni se le représenter, et l'aurait-il su, cela n'aurait sans doute rien changé à cette journée.

De près ou de plus loin, Pierre Chabre a dû écouter le curé et regarder les hommes s'occuper du cercueil. Connaissait-il Félicie ? Oui, forcément, c'était inévitable. S'étaient-ils parlé ? Félicie Martin a 11 ans quand naît Pierre Chabre. C'est une enfant qui peut aider ses parents à la maison, dans les champs, pour garder les bêtes, pour ramasser du bois, pour s'occuper du linge, des repas. Les bras chargés ou avec ses bêtes, elle a croisé le petit Pierre, né à quelques pas, dans une grande bâtisse, comme il l'a raconté plus tard, avec trois écuries qui permettaient d'abriter plus d'une centaine de brebis l'hiver. La famille possédait 7 hectares, bien situés, à l'adret, dans la partie de la montagne qui prend le soleil longuement dans la journée. Ils récoltaient du blé, de l'avoine, du seigle. Dans les jardins, derrière le village, ils faisaient pousser des pommes de terre, des choux, des raves, des haricots. Ils avaient quelques ruches. Ils buvaient un peu de vin, même si c'était cher, du cidre, grâce aux pommiers sauvages. Les revenus venaient des troupeaux de chèvres et de brebis, dont les agneaux étaient revendus sur les marchés à l'automne. Les pâtes étaient fabriquées à la maison, par la mère qui y passait des heures. Chez les Chabre, on tuait deux cochons par hiver, ce qui constituait une moyenne honorable, précieux patrimoine à engraisser avec les rares déchets que produit alors l'humanité, précieux patrimoine qu'il fallait égorger après l'avoir fait se reproduire. Du boudin deux fois par an pour se faire plaisir et recharger le corps en fer dans cette joie durable que provoque le cochon. Pour les jours de fête, on s'offrait une poule ou un lapin, leur tête fermement maintenue, le couteau aiguisé, on leur ouvrait le cou d'un geste rapide pour les saigner proprement.

Je sais tout cela parce que le petit Chabre, lui, a traversé le siècle, les océans et les guerres, et sera l'un des rares habitants à transmettre son histoire, quatre-vingt-dix ans plus tard, au crépuscule de sa vie. Un long témoignage, recueilli par un instituteur, qui a écrit à la main l'histoire du village à travers le regard du petit garçon devenu une force de la nature, engagé volontaire pendant la guerre de 1914, puis vieillard quasi centenaire. Il décrit les veillées, les histoires qui se transmettent de génération en génération, les virées en groupe pour aller visiter les villages voisins, les jeux de boule devant le petit espace face à la maison communale, pas la pétanque, le jeu à la longue où il faut prendre de l'élan avant de jeter sa boule vers le cochonnet. L'hiver, on travaille le bois, on casse les noix pour préparer de l'huile lorsque la nuit est tombée. Les jeunes hommes partent à la journée se louer pour faucher et moissonner les prés lorsque vient l'été. Une fois par semaine, ils vont au marché pour vendre les tomes. Et acheter ce qu'ils peuvent. On joue volontiers aux cartes. On boit de l'alcool les uns chez les autres – il n'y a pas d'auberge, en tout cas pas officiellement, seulement une maison qui s'ouvre aux voisins.

On dansait aussi à Chaudun, comme ailleurs dans les vallées et les vallons. Des danses collectives. Hommes et femmes sous le contrôle des hommes et des femmes. Une chorégraphie à deux temps. D'abord huit mesures pendant lesquelles les danseurs et les danseuses se suivent, sans se tenir, en tournant en rond, dans le sens contraire des aiguilles d'une montre. Le pas est saccadé et rapide. Puis chacun des hommes se retourne brusquement vers la femme derrière lui. Tous les deux dansent sur place pendant huit autres mesures. Les bras sont levés « en corbeille ». Les pieds tapent fortement le sol pour marquer les temps. Les hommes font à nouveau demi-tour pour danser avec une autre femme. Et ainsi va la vogue, perte de sens et des repères, mélange de transpiration, de désir, de rires, de cris.

On danse et on chante, aussi, avec l'humour tranchant de ce siècle. Je retrouve un texte, qui raconte l'époque.

Ma tante n'avait qu'une dent,
Qui remuait quand il faisait du vent,
Mon oncle qui était maréchal,
La lui remettait à grands coups de hache.

Dans le témoignage de Pierre Chabre, une phrase, sibylline, m'avait étonné. Il affirmait avoir été un bon élève, avoir appris très vite à lire et à écrire. Il disait aussi s'être heurté à la faiblesse de l'enseignement. « Les instituteurs de Chaudun étaient pour la plupart des maîtres de seconde catégorie », regrettait-il. Autant le dire simplement : l'ambition éducative à cette époque, dans ces territoires perdus de la République, est des plus modestes. Un inspecteur d'académie des Hautes-Alpes s'en émeut en faisant le bilan de son action, une fois par an, devant ses supérieurs. J'ai retrouvé ses notes, désabusées, écrites après de nombreuses tournées d'inspection. Il s'appelle Meyer et dirige l'éducation nationale dans le département sous l'autorité de M. le Préfet. L'Administration n'a pas encore acquis de langue de bois et il dit crânement l'insuccès de l'école républicaine.

Dans les communes rurales, la grande majorité des enfants vient en classe quatre ou cinq mois à peine durant la mauvaise saison, mais dès que la neige a disparu et que le moment est venu de garder les bestiaux, les écoles sont presque vides. L'administration n'a d'autre ressource pour seconder leurs efforts que d'autoriser une classe unique de 9 heures du matin à 3 heures du soir, dans les localités où la garde des troupeaux rend cette mesure nécessaire.

J'ai cherché la trace des instituteurs qui se sont succédé à Chaudun lorsque Félicie Marin et Pierre Chabre étaient enfants.

Faure-Vincent, Jules de son prénom, par exemple, un gars du Queyras, un autre massif montagneux, austère et dur, proche de la frontière italienne, où la neige s'accumule l'hiver à cause des vents venus de l'est. Il demeure trois ans à Chaudun, entre 1880 et 1883. Un de ses premiers postes. Il a été élève à l'école normale primaire de Gap. Ses notes et ses appréciations ont été conservées. Le directeur de l'école normale a formulé les commentaires et les signe d'une écriture arrondie. « Devoirs religieux : très bien. » « Conduite : très bonne. » Le regard de ses maîtres s'est gâté pour la suite des compétences attendues. « Caractère : timide, apathique. » « Aptitude : médiocre. » « Progrès : médiocre. » « Observations : a peu de moyens naturels. » Jules est néanmoins devenu enseignant, et c'est probablement à lui que pensait le vieux Chabre.

Louis Oddos a croisé Félicie et Pierre lorsqu'ils étaient enfants. Un fils de cultivateur né à Saint-Bonnet, de l'autre côté de la vallée. Probablement l'instituteur qui est resté le plus longtemps en poste dans la montagne. Le 19 juin 1869, l'inspecteur effectue sa visite de contrôle dans la petite école. Quatorze élèves sont théoriquement inscrits, deux sont présents – c'est l'été, la pleine saison, et il faut s'occuper des bêtes. La moralité ? « Bonne. » Ses rapports avec les autorités et les familles ? « Bons. » « La considération dont il jouit ? » « Bien considéré. » « Instituteur un peu apathique », note l'inspecteur qui ne l'est pas. « Sa femme et lui auraient préféré être plus rapprochés de Saint-Bonnet. Je les ai engagés à bien faire leur devoir et je leur ai fait remarquer qu'ils y sont bien logés. Il est possible qu'ils s'y habituent. »

Peine perdue. Oddos craque. Il écrit à l'inspection départementale. « Quoiqu'il n'y ait pas encore quatre ans que j'ai été nommé instituteur public à Chaudun, je ne peux néanmoins rester plus longtemps avec ma famille dans une localité où l'on ne trouve absolument rien avec de l'argent, pas même une douzaine d'œufs quand on en a besoin. Aussi, ma femme s'est tellement ennuyée dans ce pays qu'elle a failli y mourir cette année par suite d'une névralgie qui l'a retenue. » Son courrier n'émeut pas l'Administration. Mais celle-ci finit par tenir compte de la dégradation des relations avec les habitants. « Sa femme lui a créé des misères » en se disputant, pour des motifs mystérieux, avec la plupart des femmes de la localité, souligne l'inspecteur en acceptant, plus tard, sa demande de quitter la commune. Deux années après, dans une autre école, le même se désolera de constater que l'épouse de l'instituteur s'occupe aussi des enfants alors qu'elle « n'entend absolument rien à l'enseignement », que son caractère est « dur » et qu'elle en vient parfois à « frapper les élèves ». « Ces procédés déplaisent souverainement aux familles et leur font vivement désirer le changement de leur instituteur. » Demande acceptée, le couple sera muté un peu plus loin. Recommandation ? « Il conviendra de défendre qu'elle s'occupe de l'école. »

Dans cette période, Fidèle Barthélemy a aussi été là pour les premiers pas du petit Pierre Chabre entre les bancs de l'école, dans les premiers apprentissages, les premières leçons, les heures du maître face à l'élève. Au fond des archives départementales, il existe vingt et une pages d'un dossier administratif, rangé parmi des milliers d'autres : « Fidèle Barthélemy. » Douze postes en trente années d'enseignement, jusqu'à sa retraite en 1887. Je trouve le compte rendu de la visite d'un inspecteur du primaire, venu l'observer, contrôler, noter, vérifier la réalité de son travail. J'aurais adoré trouver le portrait d'un hussard noir, en faire un héros discret, un homme de bien, de lumière et de culture. Je lis et je relis ces notes d'un autre siècle, sèches, elles aussi, ramassées, cinglantes. « Écriture ordinaire. » « Grammaire passable. » « Histoire : faible. » « Catéchisme : des réponses. » « Lecture monotone. » « Géographie : faible. » « Tenue des enfants : passable. » « Discipline : assez exacte. » L'époque n'est pas aux circonvolutions prudentes, le jugement est sans fard, bref, raide. « M. Barthélemy suffit à sa tâche, écrit l'inspecteur dans son résumé. Ce ne serait peut-être pas un mauvais homme mais je crois qu'il ne possède pas à un degré bien élevé la qualité de bon instituteur : méthode, zèle et dévouement du maître, progrès des élèves, tenue de la classe, tout est ordinaire. »

Je fouille encore. Fidèle est longtemps resté instituteur adjoint ou instituteur de hameau. Il a fini par être nommé instituteur public de quatrième catégorie. Il gagne suffisamment pour vivre correctement, nourrir ses enfants et recevoir quotidiennement le journal, livré par Pierre Villard, le facteur. Son enseignement est visiblement resté des plus sommaires, tout comme sa carrière qui le conduit à Chaudun après quarante ans. Je trouve une lettre de l'inspecteur des Hautes-Alpes, écrite à la main, rangée depuis plus d'un siècle au milieu de ses arrêtés de nomination – il n'y a pas de prescription pour la mauvaise note. Elle est adressée à « Monsieur l'instituteur Barthélemy » :

> L'administration vous donne une dernière preuve de sa bienveillance à votre égard, bien que vous ne le méritiez pas : j'ai lieu de croire que par votre zèle, votre application, et la régularité de votre conduite, vous vous efforcerez de faire oublier votre passé. Dans tous les cas, je vous avertis que si dans votre nouvelle résidence, vous provoquez encore des plaintes de la part des habitants, je n'hésiterai pas à proposer à M. le Préfet une mesure disciplinaire à votre égard.

Je n'ai pas retrouvé les motifs de cette colère hiérarchique. La menace aura-t-elle suffi ? Barthélemy a été admis à la retraite à l'âge de 50 ans, très jeune, surtout pour le métier d'instituteur public. Un doute demeurera ainsi éternellement sur l'étendue de la bienveillance dont il a bénéficié. Fidèle est mort vers 4 heures de l'après-midi, le 17 septembre 1905, à l'âge de 68 ans, laissant six enfants, une veuve et 239 francs de pension mensuelle.

IX

L'homme qui plantait des arbres

Sur les photos prises le jour où Chaudun s'est vendu à l'État, le 6 août 1895, j'ai identifié avec certitude un dernier homme. Il porte un casque colonial blanc, un pantalon rayé, une veste sombre. Il apparaît clairement sur quatre des cinq photos. Dans la légende d'une des images, son nom est écrit avec une faute, un T à la place du D. Billecard. Un nom de personnage de roman. L'Inspecteur des Eaux et Forêts Billecard, Chef du Service du Reboisement, il faut mettre une majuscule à chaque mot. Fermez les yeux et imaginez : les planchers qui grincent, le portrait de Félix Faure au mur, le bureau en bois d'acacia, la secrétaire en gris qui vous regarde froidement. « Vous avez rendez-vous avec M. l'Inspecteur ? » Billecard (Léon), l'inspecteur Billecard écrit des rapports, des rapports autorisés, des rapports commandés, des rapports importants – c'est comme cela que j'ai trouvé sa trace. Son écriture est magnifique, sûre d'elle, affirmative, décisive. Toute l'autorité de l'administration des Eaux et Forêts transpire dans ses arrondis, ses déliés, les mots soulignés, les virgules qui rythment les phrases, les points qui les ferment quand il le faut, et les points-virgules, oui les points-virgules, surtout les points-virgules, qui proclament la maîtrise de la langue et qui distinguent ceux qui savent de tous les autres. On baisse les yeux face à Billecard, entré dans l'administration des Eaux et Forêts en 1865, parti à la retraite en 1910. Il parle au nom de l'État, l'État qui sait ce qui est bon pour la France et la nation. Les Eaux et Forêts comme vocation familiale. Son fils a suivi le même chemin, j'ai aussi retrouvé ses traces comme agent forestier – avait-il vraiment eu le choix ?

L'agent en chef a même écrit un opuscule, édité en 1889, sobrement titré « Notice sur le dixième arrondissement forestier », imprimé à Gap, rue du Docteur-Para, que j'ai retrouvé un siècle plus tard dans une bibliothèque de l'université Harvard. Sur l'exemplaire en question, une main anonyme a écrit « by L. Billecard » pour signer l'ouvrage. Sur la page de garde, un tampon : « *Deposited at the Harvard Forest 1943* » – cela l'inspecteur ne l'a jamais su, il est mort avant, cela l'aurait gorgé de fierté et d'importance. La notice est consacrée aux forêts du dixième arrondissement, le département des Hautes-Alpes, dont il a la lourde et importante charge. De sa plus belle plume, il a composé un essai, raturant, griffonnant, ajoutant, soustrayant les mots pour dire au monde ce qu'il avait à proclamer. Billecard, donc :

> Rien n'égale la pureté de l'air et l'inaltérable sérénité du ciel de ces montagnes ; mais cet air si limpide, ce ciel toujours bleu, l'un des charmes de cette austère contrée, sont

pour elle le plus funeste des présents, car, en rendant les pluies plus rares, ils les forcent par cela même à tomber en flaques énormes, cause première des torrents qui la désolent, puisqu'il est reconnu qu'en France la quantité d'eau qui tombe annuellement sur les divers points du territoire est constante et par suite que l'intensité de la pluie est inversement proportionnelle à sa fréquence.

Si l'inspecteur maîtrise l'utilisation des points-virgules, son hypothèse météorologique est des plus iconoclastes. Peu importe. Il incarne l'autorité. Et il sait être mondain. Dans la petite bourgeoisie d'une petite préfecture, il a appris à briller. Le fonctionnaire a des lettres et s'est retrouvé dans le comité de lecture de la Société d'étude des Hautes-Alpes. Il y a là un sénateur, des maires, le préfet, l'évêque. Sans doute avait-il mûri patiemment son ascension sociale pour la construire brique par brique. Dans la *Revue des eaux et forêts*, tome LXV, VIe série, 25e année, imprimé chez Berger-Levrault, je trouve sa nécrologie. Le bon Billecard vient de mourir d'une longue maladie, le 7 octobre 1927 à Besançon, là où il a fini par prendre sa retraite après quarante-cinq ans de reboisement, et le conservateur de la circonscription, retenu par une adjudication, c'est en tout cas ce qu'il prétend, a délégué à l'un de ses subordonnés le soin de lire le texte d'hommage posthume qu'il a rédigé. Le bonheur des nécrologies des fonctionnaires, c'est la rectitude parfaite des parcours. Il fut donc un « chef juste et bon », si j'en crois les mots prononcés devant sa tombe fraîchement ouverte, face à une palanquée d'inspecteurs des Forêts qui ne l'avaient jamais connu, pour lesquels l'enterrement faisait partie des obligations et des rituels, avant, probablement, de se retrouver dans les bars qui font commerce de la tristesse et du réconfort depuis toujours près des cimetières. « Il fit preuve de la plus intelligente activité dans l'œuvre commencée en 1882 de la restauration de nos montagnes, de la correction des torrents, du reboisement, du gazonnement des périmètres, assure le conservateur par la voix de son adjoint. Son nom restera parmi ceux des meilleurs pionniers du reboisement en France. »

Billecard est un homme de taille moyenne. Il porte une petite barbe soigneusement taillée, je suppose qu'il va chez le barbier à Gap pour l'entretenir. Il est chef du reboisement, alors il reboise à tour de bras. Lorsqu'il sent une opportunité, il la dissèque, il la détaille, il l'argumente. Un long rapport, d'abord écrit sur un brouillon – j'en ai trouvé des dizaines, corrigés, annotés –, puis patiemment recopié sur un document à en-tête. Un rapport au conservateur général, au préfet aussi, il les accompagne de notes manuscrites et de télégrammes, sait-on jamais. Le soir, dans son bureau, il doit refaire ses calculs, mesurant les hectares de bois, observant les pentes, leur déclivité, calculant les volumes d'eau qu'il faudrait domestiquer dans les torrents, dessinant les plans des digues, des barrages. Des colonnes de chiffres qu'il additionnait, lui seul probablement pouvait comprendre, pour calculer la rationalité des dépenses. C'est l'époque où le patriotisme passe aussi par des montagnes mieux tenues. L'opinion s'inquiète des inondations qui ravagent les terres, les élus débattent longuement à la Chambre des députés des risques du déboisement, le gouvernement fait voter des lois pour donner plus de pouvoirs à l'Administration afin qu'elle restaure les terrains des Alpes et des Pyrénées.

La pétition d'octobre 1888 est montée au bureau du ministre, l'admirateur de Proudhon et de la montbéliarde, puis elle est redescendue jusqu'à l'inspecteur, chaque hiérarque exigeant probablement des explications et donc des notes à son subordonné. Le préfet réclame donc à Billecard de lui rendre un avis circonstancié. Celui-ci répond longuement.

> Cette insuffisance peut être attribuée à trois causes principales contre lesquelles il ne nous paraît guère possible de réagir : l'épuisement des pâturages par un usage excessif, la baisse des prix de tous les produits de l'industrie pastorale par suite de la concurrence étrangère et enfin et surtout l'augmentation incessante des charges communales qui, de 340 francs qu'elles étaient en 1809 se sont élevées progressivement à 900 francs en 1840, à 1 800 francs en 1851 pour atteindre depuis dix ans le chiffre exorbitant de 3 000 francs représentant par feu 132 francs d'impôts.

Au moment où les habitants décident d'abandonner, en 1888, il constate que les bois n'occupent plus qu'un douzième des 2 000 hectares et les cultures agricoles sont disséminées à l'excès et cantonnées dans des plis de terrain où des roches les protègent encore contre l'action des eaux. Quant aux pâtures, elles sont devenues misérables, terrains dénudés « sur lesquels on ne rencontre que çà et là de rares plaques ou touffes d'un maigre gazon ». En une phrase hautement et brillamment ampoulée, comprenant 78 mots, ce qui est réfléchi mais n'est pas très bref, il dit l'essentiel de la souffrance constatée. Inspirez, lisez :

> Aussi, les difficultés de toute sorte avec lesquelles les habitants se trouvent constamment aux prises justifient-elles pleinement à nos yeux le découragement qui s'empare d'eux lorsqu'ils comparent l'existence malheureuse à laquelle les condamne l'isolement du pays qu'ils habitent aux facilités que procurent les progrès de la civilisation aux régions plus fortunées et par suite le vœu dont ils cherchent la réalisation de rompre un pacte social qui est devenu pour eux une charge trop lourde à supporter.

Tout cela tombe parfaitement. L'inspecteur est convaincu que l'Administration saura prendre en main ce que les montagnards ont abîmé. Les paysans veulent vendre des terrains ? Achetons. Nous planterons des arbres, des millions d'arbres, serrés les uns contre les autres, rangés, efficaces, républicains, ordonnés. Des sapins, parce qu'ils manquent dans les Alpes du Sud. Du mélèze, précieux pour les meubles, encore plus utiles pour empêcher l'érosion d'emporter les montagnes et de gonfler les torrents de boue. « Du point de vue de l'œuvre de reboisement, nulle acquisition ne peut être plus utile que celle du territoire de Chaudun qui est situé dans une région éminemment torrentielle puisque, sur une surface de 2 026 hectares, indépendamment de nombreuses combes et ravines, on y rencontre cinq torrents complets importants », relève Billecard. Il a fait ses calculs. Dans sa première évaluation, il estime le coût du rachat complet à 200 000 francs, soit 102 francs l'hectare, une moyenne sensiblement inférieure à celle payée pour les acquisitions de terrains similaires dans la région, se réjouit-il. Une bonne affaire. Surtout que les négociations, longues et sinueuses, acharnées parfois, feront baisser les prix à 186 000 francs.

Dans l'un des innombrables rapports écrits par le chef du reboisement, je m'arrête sur une petite phrase à propos de l'avancement du dossier : « Le 18 août 1891, à la suite d'une tournée à Chaudun de M. le Vérificateur général du Reboisement Demontzey, M. le Directeur des Forêts décida qu'il y avait lieu de donner suite aux offres des habitants de Chaudun. » Pour les forestiers et les agents des Eaux et Forêts, Demontzey est un personnage mythique, quoique complètement oublié, un des ingénieurs qui ont le plus contribué à redessiner les paysages de montagne, participant au retour des forêts sur des milliers d'hectares, en particulier dans les Alpes du Sud et dans les Pyrénées, remodelant et domestiquant des torrents anarchiques, reboisant des pentes et des sommets. On lui a bien donné le nom d'une avenue à Digne-les-Bains, entre deux ronds-points le long de la rivière, une rue à Nice, qui doit à peine dépasser les 100 mètres de long, un chemin sans issue à Toulon, un autre à Cauterets, avec une stèle, aujourd'hui très abîmée, dont il faut connaître l'emplacement pour la trouver. C'est tout. Le Vérificateur général, âgé de 60 ans quand il visite la vallée, a été l'instigateur des plus grandes opérations de reboisement en France, théorisant longuement, dans un livre salué par l'architecte Eugène Viollet-le-Duc, peu avant sa mort, la méthodologie de la reconquête, torrent après torrent, pente par pente, pour sauver la nature de l'être humain et de ses ravages, grâce à des barrages et au patient reboisement. Une phrase de l'ingénieur en chef est restée : « Je ne sais pas de plus noble mission que celle d'aider à reconstituer dans nos montagnes l'ordre qu'elles avaient si bien établi et que seuls l'imprévoyance et l'égoïsme de l'homme ont changé en véritable chaos. »

Lui-même se présentait comme le doyen des reboiseurs, heureux d'aider au relèvement de la patrie. Il n'oubliait pas de remercier Dieu de la « noble mission » confiée aux « vaillants et enthousiastes forestiers ». Prosper Demontzey avait imaginé, aussi, qu'il fallait accompagner cette politique d'une propagande adaptée, soignée, pensée, pour convaincre l'opinion publique du bienfait de ses actions. Accessoirement, il était convaincu que, de cette façon, il pouvait obtenir quelques crédits supplémentaires de ses supérieurs. Là, en tout cas, se trouve très certainement le mystère des cinq photos le jour de la vente de la commune, le 6 août 1895. J'ai longtemps cru que le journal *L'Illustration* avait envoyé un photographe, et j'ai patiemment cherché son nom, m'arrachant les yeux sur des archives improbables, creusant les pistes et tous les indices. Ces photos étaient en réalité servies sur un plateau par l'administration des Eaux et des Forêts, habile et précoce opération de communication sur le rôle de l'État dans les pauvres contrées montagnardes.

J'avais été intrigué de constater que l'inspecteur Billecard était, presque systématiquement, présent sur les photos, comme s'il s'agissait du personnage principal, bien plus que le maire ou les habitants. Surtout, j'ai fini par retrouver les photographies dans les archives du service de restauration des terrains de montagne, parmi des centaines d'autres, images en noir et blanc des Alpes, complètement râpées par l'érosion. Car, en avril 1886, Prosper Demontzey avait signé de son nom, et de son autorité, la circulaire numéro 42, étonnamment détaillée, pour exiger que les agents chargés du reboisement soient équipés d'appareils photo, en l'occurrence des Jonte 18 x 24. Il avait prévu un appareil par circonscription et des stages pratiques de photographie pour les agents. La circulaire organisait même la conservation et le stockage des clichés sur plaques de verre, par ordre chronologique, dans des caissettes en bois. Le 18 août 1891, donc, le maître, Prosper Demontzey, visite Chaudun avec son élève, Léon Billecard. La lettre des habitants a été envoyée trois ans plus tôt, et la très haute administration n'a encore rien décidé formellement. Après une journée dans la vallée, Demontzey va donner son aval, et la machine administrative se mettre en marche, lentement, à coups de notes, d'arrêtés et de rapports. Une machine qui n'oublie pas, en août 1895, c'est l'hypothèse la plus probable, lorsque la vente a été conclue, d'envoyer les photos à *L'Illustration* pour faire sa propagande et partager son récit de la reconquête des territoires en perdition – à l'époque, on ne parlait pas encore de communication.

Voilà. Un inspecteur (Billecard), un vérificateur (Demontzey), un maire (Taix) et un notaire (Jouglard) ont permis et organisé la vente du village. Le 6 août 1895, Chaudun devient propriété de l'État et la commune est formellement absorbée par celle de Gap une fois que le président Félix Faure signe le décret prononçant sa dissolution – avant d'aller à l'opéra ou de rejoindre sa maîtresse dans les salons de l'Élysée. C'est la fin d'une histoire. Et le début d'une autre.

Celle d'une gigantesque opération de reboisement. Méticuleuse. Déterminée. Rationnelle. Scientifique. Billecard veut accomplir les choses en grand, à sa main, à la gloire de la République. Je conçois assez bien le sentiment de toute-puissance de l'ingénieur dans son bureau, avec le portrait du président de la République accroché au mur, sa secrétaire qui filtre les courriers et fait patienter les visiteurs, devant la tâche à accomplir et la nature à reconstruire. Face à lui, près de 2 000 hectares qu'il faut réinventer, domestiquer, aménager, sans plus avoir à tenir compte des cultivateurs accrochés à leurs terres et à leurs traditions, même si quelques-uns, parmi eux, ont obtenu de rester jusqu'au printemps suivant à la condition impérative, pas totalement respectée en réalité, de ne pas couper des arbres qui ne leur appartiennent plus. À Chaudun, la République veut effacer le désastre des humains ; la République va donc replanter des arbres par milliers, en réalité par millions, une fois l'homme parti.

Billecard a une flopée d'inspecteurs, d'adjoints, de gardes généraux et d'ouvriers disciplinés sous son autorité. Les Eaux et Forêts, qui se vivent comme une armée civile, avec grades et uniformes, ont emprunté les dessins des jaquettes, des tuniques, des capotes et des manteaux à l'infanterie. Ils méprisent volontiers les paysans jugés incultes, ignorants et toujours tentés d'enfreindre les règles ; les paysans les méprisent tout autant, les jugeant hautains, dotés d'une autorité bien trop discrétionnaire et coupables de règles inutiles. À Chaudun, débarrassé des habitants, l'administration commence par chercher un moyen d'héberger les ouvriers. « Il est absolument impossible aux agents et aux préposés qui seront chargés de la direction des travaux de s'acquitter de leur mission sans découcher et même séjourner plusieurs jours sur le lieu même des travaux, où ils ne trouveront plus aucune ressource du moment que tous les habitants de Chaudun ont quitté leur village », écrit l'inspecteur pour réclamer qu'on lui accorde un budget de 7 000 francs afin d'installer les équipes chargées du reboisement.

Le bâtiment le plus adapté est l'église, reconstruite en 1869 par le curé Lagier. Il faudra 782 heures de maçon, payées 60 centimes l'unité, et 354 heures de manœuvre, à 35 centimes l'unité, pour transformer l'église en dortoir. C'est ce que Martin Jean, charpentier de Gap, a facturé aux Eaux et Forêts. Je ne sais pas si cela était complètement justifié mais il faut dire que le menuisier venait de subir une vive colère. J'adore les brèves des vieux journaux, je les parcours pour savoir ce qui faisait la banalité et le quotidien, loin des grandes affaires du monde. Le hasard magnifique des lectures me conduit chez Martin Jean, ses émotions, son poulailler et son porte-monnaie. Je lis :

> Dans la nuit, des malfaiteurs demeurés inconnus ont pénétré dans le poulailler de M. Martin Jean, charpentier, route de Grenoble, et ont fait main basse sur douze gallinacées, qui, après avoir été étranglées, ont été emportées dans un sac volé à M. Brisset, meunier, demeurant non loin de là. Dans la même nuit, un lapin a été également soustrait à M. Cointe demeurant au même quartier. D'importantes recherches sont effectuées dans le but de retrouver ces audacieux cambrioleurs.

Et donc au rez-de-chaussée de l'église transformée par le charpentier Martin, Billecard ordonne d'installer le magasin où sont rangés les outils. À l'étage, une salle commune et deux chambres assez grandes, dont l'une épouse fort joliment l'arrondi de la nef. Le presbytère est utilisé aussi : quatre chambres, un cabinet, une écurie, deux cuisines. Trois agents et quatre préposés sont censés pouvoir y demeurer. Le chef de service, qui dort seul, a droit à un lit en fer de 115 centimètres par 200 centimètres. Le statut social se mesurant aussi à la taille du matelas, les simples agents doivent se contenter d'un lit de 90 centimètres de largeur.

Les agents vont aussi reconstruire le chemin qui conduit au village – lorsqu'il s'agit de reboiser, l'État finance ce qu'il n'aurait pas déboursé pour les habitants, c'est ainsi. Le long de la route, il obtient la construction de deux barrages qui viennent couper et retenir le torrent de la grande gorge. Les plans, aussi, ont traversé le siècle. Le premier barrage, en pierres sèches, est prévu pour mesurer plusieurs mètres de haut, 25 mètres de longueur, sur 2,50 m d'épaisseur. Le deuxième, plus modeste, ne dépasse pas 5 mètres. Les deux ouvrages sont censés empêcher que le torrent n'emporte trop souvent la route où doivent circuler les ouvriers du reboisement. Billecard demande également d'ajouter un chemin pour exploiter un bout de forêt auquel l'homme ne pouvait accéder et qu'il n'avait donc pas détruit. Il réclame la création d'un sentier pour faire le tour du cirque montagneux au-dessus du village abandonné – 1 mètre de large sur 7 359 mètres de long au total, 8 % de pente au maximum, un coût de 5 000 francs, moins une remise bienvenue de 13 %. Cent trente ans plus tard, légèrement incliné vers l'aval pour ne pas retenir la neige et être utilisable le plus tôt possible au printemps, le chemin existe toujours, balcon magnifique quoiqu'un brin dangereux sur la vallée.

Ces travaux n'étaient qu'une entrée en matière. Les agents ont installé des pépinières pour faire croître des centaines de milliers de plants. Deux années minimum pour qu'ils croissent suffisamment et qu'ils acquièrent la vigueur nécessaire pour résister aux saisons. Le travail des ouvriers a été minutieusement organisé. Le soir, dans la salle à manger de l'église, le garde en chef des Eaux et Forêts déplie probablement une grande carte d'état-major. La salle doit sentir l'homme fatigué et la cigarette. Je me plais à l'imaginer avec une baguette répartir les terrains à travailler comme on préparerait un combat. Là, il faut solidifier une pente avec des pierres pour éviter qu'elle ne s'effondre. Ici, il faut corriger un ruisseau, tenter de le domestiquer, adoucir sa pente. Plus loin, il faut inventer une solution pour que le torrent cesse d'affouiller ses berges, creusant par le bas les falaises, fragilisant des grands volumes de terre et de pierres qui finiront par basculer. Chaque chef d'équipe, le matin, quand il fait encore froid et que le café peine à réchauffer l'intérieur des corps, répercute les consignes à ses ouvriers. Douze heures par jour, avec des pauses pour fumer, pour boire ce qui reste de café et un peu de vin, pendant tout le printemps, répété par des dizaines de travailleurs, alignés sur un seul rang pour réduire les risques de chutes de pierres.

Je retrouve un manuel qui présente les travaux de reboisement : « Les équipes de planteurs se composent généralement de 30 à 40 personnes, 15 à 20 hommes et autant de femmes ou d'enfants ; les hommes creusent à l'aide d'une forte pioche les trous qui doivent avoir en moyenne de 0,35 à 0,40 m de longueur dans le sens horizontal, 0,15 à 0,20 de largeur et 0,30 à 0,35 de profondeur. La terre provenant du creusement est disposée de chaque côté du trou de manière à ne pas être emportée par la déclivité du sol. » Longtemps, les Eaux et Forêts ont embauché des Italiens, des Piémontais, pauvres parmi les pauvres, migrants méprisés et mal payés, pour accomplir ces tâches et les payer au lance-pierres. C'est l'époque où, dans le sud de la France, les Italiens sont victimes de xénophobie, parfois de violences. Lorsque je me suis abîmé les yeux à chercher dans les registres des maisons d'arrêt si des habitants de Chaudun avaient été interpellés par les gendarmes puis incarcérés, je n'en ai pas trouvé. Des Italiens, oui, par dizaines, pauvres, étrangers, présumés coupables des larcins en tout genre. Ils peuplent les prisons des Alpes, à Gap et Embrun. Mais la pauvreté des paysans de la région est devenue trop pénible, trop gênante pour les autorités, et celles-ci ont progressivement remplacé les Piémontais par des cultivateurs sans le sou pour accomplir les tâches les plus difficiles, y compris le reboisement.

Les ouvriers et les ouvrières partent en petits groupes dans la montagne. Chaque terrassier est suivi d'un planteur porteur d'un petit panier en bois dans lequel les plants sont disposés de manière que les tiges seules émergent. Les racines sont recouvertes de terre. Les ordres sont précis, je ne peux savoir s'ils sont exactement suivis. Le planteur comble en partie le trou avec la terre puis, prenant de la main gauche, et aussi délicatement que possible, un plant sans toucher les racines, il doit appuyer celui-ci contre le bord inférieur du potet qu'il remplit alors en ramenant le surplus du déblai avec la truelle ou le pochon. La terre doit ensuite être tassée légèrement à la main, puis plus fortement avec le pied. S'il y a des pierres à proximité, il est recommandé de les disposer « du côté du midi » pour protéger les plants des ardeurs du soleil. Le coût de revient, avec cette méthode, est de 10 à 16 francs pour 1 000 trous et autant de plants.

Le temps que les chemins d'accès soient terminés, que s'organise la pépinière, 25 hectares ont été reboisés dans la vallée en 1904, 15 en 1905, 21 en 1906 et 113 hectares en 1907. Cette tâche est colossale : 10 000 mètres carrés par hectare, autant de plants, autant de trous creusés à la pioche, vidés puis comblés à la pelle. Dix-sept années de sueur à ce rythme insensé. 63 000 feuillus et 3 363 280 résineux, des mélèzes, des pins noirs, des épicéas, des pins cembros, des pins à crochets, des pins sylvestres. Des plantations reprendront avant la guerre puis après la paix. Je repense à cette nouvelle de Jean Giono, écrite en 1953, « L'homme qui plantait des arbres », qui figure parmi les plus beaux manifestes écologiques, décrivant l'histoire, belle, poétique, d'Elzéard Bouffier, un berger qui plantait, seul, des milliers d'arbres pour redonner vie à une vallée de Haute-Provence. Le texte fut publié dans *Vogue*, en 1954, et connut un destin exceptionnel, étudié depuis dans les écoles du monde entier, porté par le rapport rêveur que l'être humain entretient avec l'arbre, bien que l'histoire soit le fruit de l'imagination de Giono.

À Chaudun, ce sont des millions d'arbres qui ont été plantés après le départ de l'homme, et l'histoire, là, est vraie – je pourrais en retrouver les relevés s'il le fallait.

Épilogue

La vengeance de l'orchidée fantôme

La pierre tombale de Félicie a traversé le XXe siècle et commencé le suivant. La jeune fille n'a certes pas été la dernière à être honorée, trop d'enfants, de femmes et d'hommes sont morts après elle dans la vallée, aimés, pleurés, enterrés, dans ce cycle qui fait l'humanité. Sa tombe est la seule à avoir résisté, laissant passer le bruit des guerres et des crises, prenant le soleil, l'eau, le gel, le vent. Une main malheureuse, ou bien s'agit-il de la nature, a brisé la stèle en quatre morceaux. À la fin de l'été, quand il a bien plu, les ronces reprennent possession du carré où les humains furent enterrés. J'écarte, j'écrase les herbes pour retrouver Félicie. Devant l'emplacement qu'elle occupe, au bord du petit cimetière, au soleil, j'écoute le silence. Quels étaient les bruits de la montagne il y a un siècle ? Étaient-ils différents ? Comment écrire le silence assourdissant de l'homme disparu ? Je lève les yeux, j'apprends à nouveau à distinguer les sons, privilège infini de la nature sauvage, loin du brouillard sonore, des bruits qui s'entrechoquent et s'entremêlent.

Et si l'épipogon sans feuilles racontait la renaissance de cette vallée ? Cette orchidée est une aristocrate de la nature, une princesse du règne végétal, une rareté, une beauté, dont les fleurs sont des récompenses précieuses. L'épipogon peut ne pas produire de fleurs pendant des années. Ou bien, si discret, de leur donner naissance sous terre lorsque la saison est trop sèche. La nature l'a privé de feuilles, réduites à des écailles le long de la tige. Elle l'a aussi privé de chlorophylle, et il demeure blanc, albinos, d'une fragilité absolue. Sa survie tient à une association avec un champignon, dans le sol, qui récolte pour lui ce dont il a besoin, notamment de précieux sels minéraux. Son compagnon champignon puise ses ressources dans les racines des arbres voisins, les hêtres, et voici l'orchidée, petite sœur timide des grands arbres qui la surplombent et lui donnent l'ombre protectrice sans laquelle elle ne survivrait pas. Les Anglais l'ont appelée « *orchid ghost* », orchidée fantôme. Elle dépasse rarement les 20 centimètres de douceur. À Chaudun, dans l'intimité et le secret des bois, elle a repris sa fragile liberté, loin de l'homme.

Il faudrait raconter la jouissance des botanistes dans ces lieux abandonnés par l'homme depuis plus d'un siècle. Cette étrange sensation de vertige face à la beauté infinie. Je me berce de cette opulence, de cette orgie du végétal qui déborde de toutes parts, à toutes les heures du jour et de la nuit. L'ail à fleur de narcisse, qui donne son rose pourpre au plus chaud de l'été, dans la rocaille.

Le rhapontique à feuilles d'aunée, ses immenses feuilles, une tige qui peut dépasser 1 mètre pour porter ce qui ressemble à un artichaut. L'inule variable, jaune, odorante. L'astragale toujours vert, la luzerne en faux, la bugrane à crête, son alter ego, la bugrane rampante, la germandrée des montagnes, l'armoise à feuilles de camomille, l'échinops à tête ronde, le lin suffrutescent, les campanules, le buplèvre à feuilles allongées, l'aspérule de Turin. Parce que l'homme a fui, Chaudun est désormais Byzance pour qui sait sentir, écouter et regarder. La scutellaire alpine, la campanule à larges feuilles, le gaillet des rochers, la passerage de Villars, l'asaret d'Europe, l'avoine des Abruzzes, la potentille inclinée, la renoncule laineuse, le cotonéaster de Rabou, la gagée jaune, le sélin à feuilles de silaus, l'anémone de Haller, une renonculacée qui adore les pentes venteuses.

Chacune de ces plantes raconte une histoire extraordinaire. Un combat pour survivre, pour renaître à travers siècles et millénaires. Ainsi, la bérardie laineuse, ses grosses feuilles difformes et grasses, plante multimillionnaire en années, probablement présente lorsque les Alpes se sont dressées à l'ère Tertiaire, pour laquelle l'être humain n'est qu'une minuscule parenthèse. Elle se plaît dans les éboulis calcaires et schisteux, au-delà de 1 500 mètres d'altitude, là où le gel ne lui laisse pourtant que quelques mois par an pour faire sa vie, pousser et fleurir. Le panicaut blanc des Alpes, recensé avant la Révolution française dans le grand herbier national, est un chardon blanc bleuté, de cette couleur délavée que font les ciels modestes, ni blancs ni bleus. Le panicaut est armé de défenses, de piquants, de pointes, plante de la résistance, dans les pelouses sèches, plus souvent encore dans les sols de rocaille, végétal cuirassé dans un monde minéral et hostile. On lui compte peu d'ennemis, ceux qui s'y frottent s'en souviennent, et cette plante n'a jamais eu le malheur d'être utile à l'homme.

Au total, les scientifiques estiment que 20 % de la flore française est aujourd'hui présente dans la vallée. L'homme n'a plus besoin, ici, de se battre, puisqu'il a disparu. Mais le combat pour la survie de chaque espèce se poursuit. Sans pitié évidemment, parce que la pitié, comme la morale, n'est pas naturelle dans les vallons, les ruisseaux, les pelouses, les falaises, les éboulis, les forêts. Dans la chaîne alimentaire montagnarde, les plus haut placés déterminent le cycle de vie des autres, compétition inégale et permanente, brutale et sans chambre d'appel, sans loi ni foi. Après cent cinquante ans d'absence, le loup est revenu à Chaudun, prédateur mobile et furtif, assassin en bande organisée, probablement une dizaine de têtes en moyenne, et c'est lui qui régule, en partie, la population des ongulés, les cerfs, les chamois, les chevreuils, les mouflons de Corse, réimplantés dans les années 1980, et qui risquent, s'ils deviennent trop nombreux, comme l'homme en son temps, de ravager les sous-bois en broutant et en piétinant.

Le loup s'en régale visiblement, puisque les mouflons, qui étaient avant son retour avéré plus d'un millier dans la vallée, patiemment recensés par les chasseurs et les gardes-chasse, sont passés à un peu moins de quatre cents. Les mâles adultes possèdent certes de grandes cornes spiralées, magnifiques, qui pèsent jusqu'à 12 kilos, mais la nature et la génétique les ont conçues recourbées vers l'arrière, donc peu menaçantes face aux prédateurs, encore moins lorsque ceux-ci attaquent en meute, et une bande de loups ne s'encombre pas d'éthique. Les mouflons sont ralentis par leur masse, peu aidés par des pattes qui s'enfoncent dans la neige. À la fin, ils perdent, ils perdent la vie, chassés et croqués par un animal plus intelligent, plus rapide, doté d'une vision à 250 degrés, d'un odorat si fin et d'une mâchoire qui brise facilement les os. Le poids d'un mouflon varie entre 30 et 60 kilogrammes, selon son sexe, promesse d'une réserve de viande rouge pour les loups.

Les chamois ont plus de chance d'échapper au grand prédateur. Car la nature les a pourvus de capacités exceptionnelles pour fuir. Un cœur de chamois pèse entre 300 et 350 grammes chez l'adulte pour un poids compris entre 30 et 50 kilogrammes. Il envoie dans l'organisme un sang contenant de 12 à 13 millions de globules rouges par millilitre. L'homme, en comparaison, est un tout petit montagnard, y compris lorsque la vie en altitude l'a chargé en globules. Son cœur pèse en moyenne, chez l'adulte, entre 300 et 500 grammes, pour un poids de 70 kilos. Son sang ne compte que 4 ou 5 millions de globules rouges par millilitre. Conséquence pratique : un chamois, qui peut passer de 80 pulsations cardiaques par minute à plus de 200, sait aisément courir droit dans les pentes les plus raides, là où l'homme crache ses poumons et ses espoirs. Les poils du chamois constituent un autre petit miracle de l'adaptation. Trois couches superposées en hiver. La plus épaisse, des poils de jarre, renferme, dans les cellules médullaires, une grande quantité d'air, et l'air est un isolant parfait. Sous ses pattes, deux doigts qui peuvent s'écarter d'avant en arrière permettent de rester en contact avec le sol, quel que soit le relief. Même chose dans la neige : en écartant ses doigts, le chamois peut augmenter sa portée et donc réduire l'enfoncement. La fragilité du chamois vient de ses dents. Après vingt années, pour ceux qui ont survécu, les dents sont usées et condamnent la bête à une mort lente, une mort d'épuisement et d'affaiblissement, faute de pouvoir se nourrir. C'est ainsi que le vieux chamois redevient une proie pour le loup.

Dans le seul bois du Chapitre, sur un des flancs les plus protégés et les plus inaccessibles de Chaudun, devenu une réserve biologique intégrale, sans intervention humaine depuis plus de cinquante ans, les scientifiques ont patiemment compté 92 espèces différentes d'oiseaux. Je voudrais pouvoir distinguer les chants, malheureusement je ne sais pas les reconnaître, ma mémoire est trop peu nourrie des bruits de la nature. Je me contente de la poésie de leurs noms. Le circaète Jean-le-Blanc, grand amateur de reptiles, parfois de lézards et de petits oiseaux quand il n'a pas le choix, aperçu parfois au-dessus des bois. La bondrée apivore, qui déterre les nids des guêpes et des abeilles sauvages pour dévorer larves, nymphes et adultes. L'aigle royal, dont un couple nicherait dans une montagne voisine, pragmatique charognard d'hiver, prédateur de marmottes et de lièvres l'été. Le busard Saint-Martin, qui aime chasser à ras de terre ou à l'affût en visant des petits mammifères imprudents ou des lombrics paresseux. Le faucon pèlerin, victime depuis cinquante ans des pesticides en tout genre, réfugié dans les falaises les plus reculées, et qui se nourrit d'autres oiseaux, capturés en vol, après un piqué incroyablement rapide.

Le tétras-lyre, grosse poule toute noire (pour les mâles), brune (pour les femelles). Lors de leurs parades nuptiales, au printemps, dans des arènes improvisées, aussi appelées places de chant, les mâles dressent les plumes de leur queue en forme de lyre. De cet affrontement rituel naîtront une hiérarchie sexuelle et le droit de choisir les femelles, chargées de pondre une demi-douzaine d'œufs par an. Les jeunes apprendront progressivement à se nourrir. Des fleurs, des aiguilles de mélèze, des fourmis rousses, tout le printemps. Des baies et des fruits secs l'été, parfois des insectes. Et l'hiver, des rameaux, des aiguilles et des bourgeons de conifères. La gélinotte des bois, oiseau monogame qui dévore les graines, les bourgeons, les chatons des arbres. La perdrix bartavelle. Le grand-duc d'Europe, rapace nocturne qui se régale de hérissons, lapins, rats et d'oiseaux. La chouette de Tengmalm, qui déteste sa voisine, la chouette hulotte, en concurrence pour les nids, au point de menacer sa survie dans la vallée. La chevêchette d'Europe, épargnante zélée, capable de conserver jusqu'à une quinzaine de proies dans une cavité pour les semaines de chasse maigre. Le pic noir, l'alouette lulu, le crave à bec rouge, le monticole de roche, la niverolle des Alpes, le moineau soulcie, le bruant ortolan, le gobemouche noir, la tourterelle des bois, le tichodrome échelette, le tarin des aulnes, la pie-grièche écorcheur, qui a appris à conserver ses proies (insectes et lézards) sur les épines des arbustes avant de les manger.

Il y a aussi la chauve-souris, cette souche à virus improbable et si résistante. La barbastelle commune, qui pèse entre 6 et 13 grammes et qui peut vivre vingt-trois années pour les plus coriaces. Le murin à moustaches (de 4 à 8 grammes en moyenne), vivant par colonie d'une quarantaine d'individus, généralement fidèles. La pipistrelle commune (entre 6 et 8 grammes). Et la sérotine bicolore. Ma préférée, la sérotine. Six centimètres en moyenne. Entre 12 et 23 grammes. Couleur poivre et sel. Douze ans de vie, au maximum. Adepte de papillons de nuit et de moustiques. À la fin de l'automne, les sérotines mâles se retrouvent sur des places de chant, dans la forêt, pour des démonstrations de vols nuptiaux et de cris sociaux censés attirer les femelles – il faut bien reconnaître que cette stratégie de séduction fonctionne depuis quelques millénaires, pourquoi changer ?

Des papillons par milliers. L'azuré du serpolet. Le damier de la succise. L'azuré de la croisette. Le plus beau, le plus rare, au nom d'un dieu grec, l'apollon, blanc perlé, coloré de taches rondes, aime la lumière, la chaleur. Chaque femelle pond plus de deux cents œufs par saison, parfois trois cents, seule une poignée se transformera, après l'hiver, en chenilles noires, et parmi elles quelques-uns seulement deviendront des apollons. Des insectes de toutes formes, par millions. Le plus spectaculaire est la rosalie des Alpes, carapace grise, corps long, antennes interminables, d'un bleu superbe. La bête pond ses œufs dans des arbres morts et les larves peuvent attendre plusieurs années, trois ans m'a-t-on dit, avant d'éclore. À quatre pattes, pendant des mois, quadrillant l'espace, les scientifiques ont observé les fourmis rousses, tout particulièrement *Formica lugubris*. Des dizaines de dômes reliés par des pistes, réseau de circulation, réseau social, réseau routier, réseau coopératif, avec leurs millions de fourmis ouvrières concentrées sur leurs tâches.

Les biologistes, qui viennent dans la réserve intégrale du bois du Chapitre, redevenue une forêt subnaturelle, presque primaire, y relèvent des espèces d'une exceptionnelle variété. Les arbres morts ne sont pas enlevés et sont devenus autant de cités microscopiques remplies d'insectes, richesse biologique où le vivant n'existe que par la mort d'autres végétaux et d'autres animaux. Je me plais à dire leurs noms à voix haute : *Epiphanis cornutus, Ampedus nigrinus, Xylobius corticalis, Ampedus erythrogonus, Rosalopus insubricus*, peuples millénaires et si discrets des champs et des forêts, avec leur hiérarchie, leurs modes de reproduction, leurs fonctions biologiques.

Au cours de mes marches, j'observe les arbres et leurs combats. Le hêtre a un tempérament délicat dans ses premiers âges, et cela réduit parfois son espérance de croissance. Il pousse partout, à toutes les altitudes, sur tous les sols, dès lors que ceux-ci ne sont pas trop en pente. Dans les bassins de réception des torrents, il grandit facilement en bouquets épars, mais il atteint rarement des tailles imposantes, sa végétation reste languissante, épuisée par les sécheresses d'été. Ses racines plongent loin, et tiennent la terre, contre vents et érosion. Les saules, eux, poussent volontiers sur les cônes de déjection des torrents, là où se sédimentent les terres, les déchets de la nature, les graines, portées par les ruisseaux qui débordent. Ils ne craignent pas l'altitude et parviennent à résister dès lors qu'ils ne sont pas sous couvert d'une ombre envahissante. Le peuplier tremble peut mesurer 20 mètres de hauteur à condition de naître sur des sols humides, en bouquets au milieu des champs, lorsqu'il y en a. Les racines sont longues, « traçantes », disent les forestiers, peu profondes, et les saules quant à eux finissent souvent renversés lorsque vient la tempête. Le pin sylvestre fait partie des arbres les plus courants. Même en altitude. Il peut toutefois être attaqué par des chenilles processionnaires – à l'époque de l'inspecteur Billecard, on en venait à bout en injectant du pétrole dans les bourses de soie au bout des branches. Son acolyte, le pin à crochets, réussit à prendre racine plus haut, jusqu'aux limites extrêmes des forêts, ultime représentant de la flore forestière, résistant aux froids. Des observations ont montré que sa fragilité peut venir de la réverbération du soleil sur la neige, au printemps notamment, abîmant, affaiblissant les branches basses qui se dégarnissent jusqu'à mourir.

La lumière vient traverser les sous-bois. Je crois que c'est le tamis des mélèzes qui donne les plus belles couleurs, dans cette ombre douce où l'animal peut se rafraîchir quand le soleil brûle la peau. L'hiver, c'est une zone de repli. La probabilité, si les arbres ont ainsi réussi à grandir, d'échapper aux avalanches parce que le développement des végétaux sur plusieurs années signifie qu'aucune n'est tombée à cet endroit. Je voudrais savoir lire parfaitement la montagne et deviner, comme les anciens, là où les avalanches vont couler, repérer les plis, les ressauts, les combes, les crêtes où le vent construit des corniches et où la neige s'accumule jusqu'à cet instant où elle craque. L'effet papillon. Un battement d'ailes, infime, qui déclenche des conséquences massives. Dans l'infiniment petit, un flocon se déchire, qui emporte son voisin, effet de gravité, effet de la pente.

Une avalanche de plaque de neige fonctionne de la même façon. Je cherche leurs traces, nettes, cassantes, en contrebas des crêtes. La neige portée par le vent s'accumule, grain par grain, les fractales des flocons dégradés par les chocs. Lorsqu'elle se fixe au sol, elle compose une couche dure, dense, posée sur une neige plus fragile, plus légère, givre du matin ou poudreuse récente, qui va la laisser rouler, débarouler, si jamais la solidarité de la neige s'interrompt. Et cette rupture, invisible, se déroule comme un jeu de dominos. Chaque flocon transmet sa charge, son énergie, au flocon voisin, parfois sous l'effet de son propre poids, parfois à cause d'un animal ; subitement, la plaque de neige se décroche, coupure nette, franche, belle, sur plusieurs mètres, plusieurs dizaines de mètres, et l'ensemble chute rapidement, milliers de mètres cubes de neige, milliers de kilogrammes, qui glissent, sautant les barres rocheuses, étouffant les arbres et les hommes s'ils ont le malheur de se trouver sur la trajectoire. Les plaques sont des pièges pour les hommes, même aguerris, parce que rien ne les annonce, ni les jeux de couleur, ni l'apparence.

L'avalanche peut aussi naître parce que la neige s'est accumulée, trop lourde, saturée d'eau, rattrapée par la pesanteur. C'est une glissade, plus lente, moins piégeuse, mais qui racle tout, les herbes et leurs racines, les pierres, les arbres, et l'amas de neige et de boue vient s'échouer au bas des couloirs d'avalanche, parfois jusqu'aux chemins et aux hameaux lorsque les neiges sont tombées dans des volumes inhabituels. Il restera jusqu'au printemps, longtemps après la disparition de la neige, avec les troncs arrachés, comme limés, les massifs de rhododendrons écrasés – ils plient, ils ne rompent pas – dans une étrange ressemblance avec les plages, au bord des océans tempétueux, quand l'hiver s'achève et que les vagues se sont retirées, laissant des restes innombrables.

À quel moment les animaux ont-ils senti et compris que l'homme avait définitivement déserté ? Comment ont-ils repris possession de la terre ? Les animaux sauvages ont commencé à emprunter les sentiers, ils le faisaient déjà la nuit, ils s'y sont déplacés le jour. Les plus téméraires, les plus curieux, se sont rapprochés du village, ils sont entrés dans les maisons abandonnées, la peur au ventre. Plus tard, rassurés, ils y ont fait leurs nids, leurs tanières, à l'ombre des murs et des caves, abris solides devenus refuges précieux. Ces bêtes qui fuyaient les chasseurs ont dû cesser d'avoir peur, du moins ont-elles pu se concentrer sur d'autres prédateurs qui ne tirent pas au Lefaucheux, de loin, des plombs mortels avec ce bruit qui les terrifiait parce qu'il annonçait une morsure à distance, la souffrance et la mort. Les toits en chaume ont cessé d'être renouvelés, ils ont pourri lentement, l'eau est passée, s'est infiltrée, a ravagé les ciments, emporté les graviers, descellé les pierres que les hommes avaient posées des siècles auparavant. Les charpentes ont commencé à ployer, à rompre, permettant à l'eau aller plus loin encore, et la neige, et le gel, et le vent. Des murs se sont effondrés sur eux-mêmes laissant, seules, les cheminées, plus solides. Je me souviens, enfant, de ces hauteurs de pierres étonnantes parce que tout le reste avait disparu, sauf les cheminées qui me regardaient d'en haut, vaguement menaçantes.

Dans les bois qui restaient, les jeunes pousses ont pu grandir, dans l'anarchie de la nature, sans être écrasées par le pied de l'homme ou coupées par sa main. Dans les champs, les prairies, les herbes folles ont progressé, centimètre par centimètre, touffe par touffe, gagnant sur les pentes, donnant vie aux générations suivantes de végétaux, délicates semences qui ont trouvé leur chemin dans la terre. Je repense à la prière du curé Vincent alors que Félicie Marin l'écoutait dans l'église prononcer ses mots d'espoir : « Puisse même le bon grain tombé sur une terre pierreuse et sur la route germer et n'être pas emporté ou dévoré par les oiseaux du ciel aussitôt ! Que la bonne terre, au contraire, laisse couler quelques-unes de ses parcelles pour couvrir et faire prendre racine aux grains tombés dans ces lieux infortunés ! »

La vérité est que cela fut très long, très progressif, le temps d'effacer les blessures laissées par les hommes et les femmes. Le minéral a reculé, s'est effacé, pas à pas, jour après jour, face au règne végétal et animal. Depuis, la vallée vit presque sans intervention humaine, libre, naturelle, violente comme l'est la nature. La pierre tombale de Félicie Marin demeure, résistante au gel, au vent, à la pluie, à l'humanité. L'homme n'aura été qu'un passager clandestin, brutal et inconscient, si éphémère à l'échelle des roches et des pics. Les habitants ont sans doute trahi l'héritage de leurs ancêtres ; mais ils ont ainsi laissé un legs extraordinaire à leurs descendants.

Chaudun raconte notre passé, et notre futur probablement.

Notes

Ce livre est né de mes longues marches dans les Alpes. Enfant, adolescent, adulte, j'ai toujours été fasciné par les traces que l'homme a laissées en altitude. De cette époque où la montagne était vivante, habitée dans chaque vallée, chaque alpage.

Dans l'ombre et la lumière des vallons de Chaudun, j'ai marché et couru dans les prés, les sous-bois, les ruisseaux, j'ai remonté les vallons, descendu les sentiers, suivi les crêtes, observé les animaux. Je me suis endormi à l'ombre d'un arbre, d'un rocher, quand les insectes remplissent les oreilles de leurs vibrations. J'ai appris la carte IGN, où chaque centimètre de papier représente 50 mètres, pour tenter de retenir les mille et un noms de ce territoire. J'ai passé un temps infini plongé dans les documents et dossiers des archives départementales des Hautes-Alpes, sur place et en ligne, afin de fouiller l'intégralité de l'état civil de la commune sur un siècle, le cadastre, le registre militaire, les comptes rendus du conseil municipal, les actes des notaires, les archives des Eaux et Forêts, celles du service de restauration des terrains en montagne (RTM), les dossiers photographiques, les registres des prisons, les rapports des administrations, les cartons des écoles normales, les publications agricoles, etc. J'ai épluché les recensements pour identifier les noms des instituteurs et des curés et retrouver ensuite leurs dossiers administratifs. J'ai suivi la même logique avec les actes des notaires pour comprendre les liens entre les familles et rendre compte de fragments de leur intimité. L'essentiel de ce livre vient de tous ces dossiers patiemment conservés et enregistrés par les archivistes depuis plus d'un siècle – qu'ils en soient remerciés.

J'ai évidemment dépouillé la presse des Hautes-Alpes, incroyablement foisonnante en cette fin de XIXe siècle, me régalant des brèves qui disent souvent aussi bien que les longs articles ce qu'était l'époque. J'ai complété mes recherches avec les archives du diocèse de Gap, celles du ministère de l'Intérieur et en m'aidant des enquêtes effectuées par des historiens ou des personnalités des Hautes-Alpes, notamment le mémoire, précieux, écrit par Jean-Paul Wirtz (*Monographie de Chaudun*, CFEN, 1972, 92 pages), le livre, éclairant, de Francis Escalle (*De Bure à Chaudun en passant par Rabou*, auto-édition) et les travaux de Patrick Caffarel et Michel Clément (*L'Émigration des Haut-Alpins aux Amériques*, 380 pages). J'ai lu sans en perdre une miette les écrits de Henry Thivot (*La Vie publique dans les Hautes-Alpes vers le milieu du XIXe siècle*, Édition des

Cahiers de l'Alpe, 1979, 460 pages ; *La Vie privée dans les Hautes-Alpes vers le milieu du XIX*[e] *siècle*, Éditions de la Librairie des Hautes-Alpes, 1995, 460 pages). J'ai parcouru d'innombrables publications de la Société d'études des Hautes-Alpes (www.seha.fr), laquelle effectue depuis 1881 un travail particulièrement précieux et riche. J'ai aussi utilisé la base de données constituée par l'Association de généalogie des Hautes-Alpes (www.agha.fr) pour ne pas me perdre parmi les Taix, les Pauchon, les Marin et les Chaix. Parmi mes nombreuses lectures sur cette période, je voudrais citer *Le Plancher de Joachim*, écrit par Jacques-Olivier Boudon (Gallimard, « Folio Histoire », 2019, 272 pages) qui raconte le destin d'un charpentier à la même époque exerçant quelques dizaines de kilomètres plus loin et qui constitue, pour le coup, un vrai travail d'historien. J'avais aussi relu *La Fin des terroirs* d'Eugen Weber (Fayard/Pluriel, 2011, 736 pages) qui m'avait donné une série de pistes à creuser au commencement de cette enquête. L'ouvrage photographique *Restaurer la montagne* (Somogy, Éditions d'art, 2004, 188 pages) m'a également passionné, hommage formidable aux ouvriers de l'ombre qui ont redonné aux paysages alpins leur beauté. Si je devais retenir des textes de l'époque, deux m'ont marqué plus que d'autres par leurs descriptions : *Étude sur les torrents des Hautes-Alpes*, par Alexandre Surell (Dunod, 1870) et *L'Extinction des torrents en France par le reboisement*, par Prosper Demontzey (Imprimerie nationale, 1894).

Pour l'épilogue, je me suis appuyé sur l'extraordinaire travail de collecte effectué par un grand nombre de scientifiques de différentes disciplines et recensés par l'Inventaire national du patrimoine naturel pour défendre les Zones naturelles d'intérêt écologique, faunistique et floristique (inventaire ZNIEFF). Dans le cadre de la directive européenne Natura 2000, des scientifiques ont également effectué une quantité impressionnante de recherches. Sans oublier les rapports de l'Office national de la chasse et de la faune sauvage (ONCFS) pour compter et surveiller les animaux dans la vallée ou décrire le fonctionnement du cœur d'un chamois. Dans les publications de la *Revue forestière française*, j'ai trouvé des études incroyablement détaillées, par exemple sur les fourmis rousses dans le bois du Chapitre. Des livres, passionnants, sur la flore m'ont accompagné : *À la découverte des fleurs des Alpes*, Parc national des Écrins, Glénat, 2002, 432 pages. Ou encore : *Plantes et Gens des Hauts*, Denise Delcour, Alpes de lumière, 2004, 256 pages.

Dans toutes ces lignes, à travers une infinité de détails, il y a aussi la figure, les mots et le regard de ma grand-mère, Eugénie Champsaur, qui repose à Notre-Dame de Bois-Vert, de l'autre côté de la montagne de Chaudun, sous les montagnes de Coste Folle et de Coste Belle. Elle aurait vivement protesté à l'idée que je la cite !

Table

RÉALISATION : NORD COMPO À VILLENEUVE-D'ASCQ
ACHEVÉ D'IMPRIMER SUR ROTO-PAGE
PAR L'IMPRIMERIE FLOCH À MAYENNE
DÉPÔT LÉGAL : OCTOBRE 2020. N° 143954 (96661)
IMPRIMÉ EN FRANCE